プロローグ

白狐《しろぎつね》の化身、シロが運営する立ち寄り温泉「草の縁《ゆかり》」には、全国各地から様々な客がやってくる。

商売を始めた当初のシロにはまったくやる気がなく、気分次第で開けたり閉めたりしていたものだが、最近はずいぶん客が増え、そういう適当なことができなくなってしまったらしい。

そこまで繁盛した理由は、主に二つ。そのどちらも、芽衣《めい》が勤める神様のお宿「やおよろず」がおおいに関係している。

一つ目は単純で、やおよろずに食客《しょっかく》している黒塚《くろづか》がシロに無理を言って足湯を作らせ、それが思った以上に好評だったこと。

そして、二つ目は、最近やおよろずに居候《いそうろう》するようになった猩猩《しょうじょう》という赤毛の猿にある。

足音はもちろん、気配すらも消してしまえる猩猩を目撃することは、神様ですらも難しいらしい。

しかし、そんな稀有《けう》な存在である猩猩が、どういうわけか芽衣にすっかり懐いてしまった。

それからというもの、お伊勢《いせ》参りの折にやおよろずに宿を取る神様たちが軒並み増え、相乗効果で草の縁も多忙を極めている。

普通なら喜ばしいことだが、商売っ気のないシロにとってはあまり好ましい状況ではないらしい。

最近は少し疲れ気味で、芽衣は少し責任を感じていた。

「シロ、いなり寿司作ってきたから、食べない……？」

ある日の午後、空いている時間を見計らって草の縁を訪ねると、縁側にぐったりと体を投げ出していたシロは、芽衣が顔を覗《のぞ》き込むとゆっくりと体を起こした。

「来てくれたんだ、嬉《うれ》しい！　でも、何度も言ってるけど、そんなに気に病まなくていいよ？」

「ううん、一緒にご飯食べようと思っただけだから。いなり寿司好き？」

包みを開いて目の前に差し出すと、シロは目を輝かせる。

そして、早速手に取って口に入れ、嬉しそうに目を細めた。

「あー……生き返る……」

「よかった。中に入ってる三つ葉は庭の畑で採れたものなの。この油揚げも、燦《さん》ちゃんに教えてもらって作ったんだよ」

「すごい、芽衣ってこんなのも作れるんだ。……そういえば、ヒトの間で狐の好物は油揚げだっていう噂《うわさ》が流れてるって本当？」

「え、違うの……？」

思いがけない問いかけに、芽衣は目を丸くした。

ヒトの世で狐と油揚げはお決まりの組み合わせであり、たとえばきつねうどんのように、狐の名を使った食べ物には油揚げが入っていることが、すっかり認知されている。

そのことに疑問を持ったことすらなかったけれど、どうして油揚げなのか、改めて考えてみれば不思議だった。

すると、シロは可笑《おか》しそうに笑う。

「やっぱ本当なんだ？　僕も因幡《いなば》から聞いただけなんだけど、狐が喜んでた油揚げって元はこれじゃなくて、鼠《ねずみ》を油で揚げたやつのことなんだって」

「ね、鼠……？」

「うん。狐は畑を荒らす鼠を食べちゃうから、昔は、狐を誘うためにヒトが畑に鼠の油揚げを用意してたみたい」

「そ、そうなんだ……、鼠……」

「でも、僕はこっちの油揚げの方が好き」

いつの間に鼠から豆腐に変わってしまったのかは謎《なぞ》だが、満足そうにいなり寿司を食べるシロを見て、芽衣はほっと息をついた。正直、鼠の油揚げを望まれても、用意するのはかなり難しい。

シロはそんな芽衣の心境を他所《よそ》に、あっという間に食べ終えると、ふたたび縁側にごろんと転がった。

「シロ、あまり無理しないでね。……今はお客さんいないの？」

「ううん、何人か入ってるはずだよ。……そういえば、今足湯のところに来てるお客さん、最近よく見るんだよね。気に入ってくれたみたい」

「そうなんだ。神様？」

「ううん。なんだっけ……、鶴《つる》の化身だっけな。でも、飛べなくなっちゃったみたい」

「飛べない鶴……。温泉で療養してるの……？」

「さあ、わかんない。……お客さんが噂してるのを聞いただけだし」

「そう……」

なんだか胸が騒いだ。

芽衣はいなり寿司の包みを畳むと、立ち上がってシロに手を振る。

「じゃあ、そろそろ戻るね。また来るから頑張って」

「え、待って。送るから」

「なに言ってるの、まだ昼だし一人で帰れるよ。シロは忙しいんだし、私だって邪魔したくないの」

「……全然いいのに」

「ありがとう。気持ちだけ貰《もら》っておくね。じゃあ、また！」

芽衣はシロの申し出を断ると、その場を後にした。

そして、出入口の門まで歩くと、ふと、門のすぐ傍《そば》に新たに作られた足湯の方へ視線を向ける。

足湯は竹の柵で囲われ、中の様子はわからない。ただ、中からかすかに気配が伝わってくる。

そのとき芽衣の頭を過《よぎ》っていたのは、もちろん鶴の化身のこと。

シロから聞いたときから気になって仕方がなく、一度立ち止まってしまったが最後、もはや素通りすることはできなかった。

柵の端からそっと中を覗き込むと、見えたのは、白地に赤い椿《つばき》があしらわれた着物を纏《まと》う女性の後ろ姿。石で作った椅子《いす》に、一人静かに腰掛けている。

チラリと見える首筋は真っ白で、座る姿は凛《りん》として美しく、芽衣はつい見惚《みと》れてしまった。

すると、ふいに、女性がゆっくりと振り返る。

ひとつにまとめられた長い髪が、サラリと風に靡《なび》いた。

「……ご、ごめんなさい……！」

目が合った瞬間、芽衣は覗いてしまったことを咄嗟《とっさ》に謝った。すると、女性は大きく目を見開く。

「ヒト……ですか……？」

その声はかすかに震え、表情も明らかに戸惑っていた。

本来、ヒトはこの神の世に存在しないのだから、その反応は無理もない。芽衣は驚かせてしまったことを申し訳なく思い、ふたたび頭を下げた。

「は、はい、ヒトです……。話せば長くなるんですけど、いろいろと事情がありまして……」

すると、女性は立ち上がり、裸足《はだし》のまま芽衣の前までゆっくりと歩み寄る。——そして。

「なんということでしょう……。このような場所で、ヒトに会うとは……」

まるで懐かしんでいるかのように、潤んだ目で芽衣を見つめた。

「あ、あの……?」

芽衣は首をかしげ、呆然《ぼうぜん》と見つめ返す。

すると、女性は突如我に返り、目を泳がせた。

「わ、私としたことが……、大変な失礼を……」

「い、いえ、全然大丈夫です……! もしかして、ヒトのお知り合いがいらっしゃるんですか……?」

「……ええ。ずいぶん昔に、ほんのひとときの間、共に過ごしました。あなたを見た瞬間にあの日々が鮮明に甦《よみがえ》り、つい……」

「共に過ごしたって……、ヒトと……?」

「はい。……私は、こうして鶴の化身となってからも、ずいぶん長くヒトの世にいましたので」

「ヒトの世に……」

つまり、芽衣とは逆のパターンだ。

なんだか興味がわき、芽衣は女性を足湯の方へ促す。

「あの……、私も一緒に入っていいですか……？」

「え……？」

「よかったら、その頃のお話を聞かせてもらえたらなって……」

少し強引かもしれないと思ったけれど、女性は戸惑いながらもこくりと頷《うなず》いてくれた。

芽衣は女性と並んで座り、湯に足を浸す。

柔らかい湯に包まれた瞬間、全身の疲れが一気にほぐれていく感覚を覚えた。

「足湯って初めて入ったけど、気持ちいいんですね……。さすが黒塚さん、いいものを知ってるな……」

「黒塚……？」

「あ、この近くにある、私が働くお宿にずっと食客してる女性です」

「あの……、ヒトがこの世で働いていらっしゃるのですか……？」

「はい。もう何年になるだろう……。シロ……草の縁の主人とも、友達なんです」

「主人とは、白狐の……」

「はい。やる気はあまりないけど、とってもいい子ですよ」

女性は、芽衣が答えるたびに驚いていた。

改めて見たその姿は驚く程に華奢《きゃしゃ》で、儚《はかな》げな雰囲気を醸《かも》し出している。

ふと頭を過ったのは、シロから聞いた、鳥の化身だが飛べなくなってしまったという話。

やはり療養のために草の縁に通っているのかもしれないと、女性の姿を見て、芽衣は改めてそう思った。

「……言われてみれば、草の縁の白狐は、美しいけれどあまり愛想がないと他の客が噂しておりました。……ただ、むしろそこに気高さを感じると」

「気高さ……？　シロにですか……？　綺麗《きれい》だし可愛いとは思うけど、気高さ……」

「違いますか？」

「私はそういうふうに思ったことはあまり……。天《てん》さ……私の勤め先の主といつも口《くち》喧嘩《げんか》してるし。本当に子供みたいなところばかり見てるので……」

「あの白狐が、口喧嘩を」

女性は、袖《そで》で口を隠して可笑しそうに笑う。

初めて見た笑顔はとても可愛らしく、心がふわっと温かくなった。

「あの……、私、谷原《たにはら》芽衣といいます。お名前を伺っても……？」

もう少し距離を縮めたくて、芽衣は名を名乗る。

しかし、女性は困ったように俯《うつむ》いた。

「芽衣。私はずっと一人でしたから、名を持ちません」

「名前がないの……？」

「ええ。……ただ、共に暮らしたヒトの男は、名がないことを伝えると驚き、私をツユと呼びました。……ですから、ほんの束の間、私の名はツユでした」

「だったら、それが名前ですよ。ツユさんか……、素敵な名前」

「あの方は、朝露とは厳しい冬を迎える前の唯一の癒《いや》しだと、……私を、朝露のようだと言ってくださいました」

そう語るツユの表情は、見ているだけで心が苦しくなるくらいに切なげだった。

「すごく、好きだったんですね……」

思ったままを呟《つぶや》くと、ツユの瞳が潤む。

「ええ。……ええ」

どうしてこんなに胸が騒ぐのだろうと不思議に思っていたけれど、ツユが恥ずかしそうに頷いた瞬間、芽衣はようやく察していた。

ツユは、ヒトの男に恋をしていたのだと。

「……なら、ツユさんのお名前はその方からの贈り物ですね。本当にツユさんにピッタリだと思います。朝露ってとっても綺麗だもの」

「贈り物……」

「はい。だから、ちゃんと名乗ってあげないと悲しまれますよ」

「……その通り、ですね……」

ツユは、とても嬉しそうだった。

ただ、住む世界が違う者同士が恋に落ちることの切なさを、芽衣は身をもって知っている。

ツユとヒトでは流れる時間が大きく違い、共にできる時間は、まさに、束の間なのだと。

とても、他人事とは思えなかった。

芽衣には、当時のツユたちの話を聞いてみたいと思う反面、少し怖いという本音があった。

確実に、自分が置かれている状況と重ねてしまうからだ。

天への想いが通じてから、天の方にはあまり変わりがないが、一方で、芽衣の心の中には本当に多くの変化があった。

好きだと言われたとき、天との恋愛はとても成立しないだろうと抑え込んでいた心の中の砦《とりで》があっさりと崩壊した。

そして、多くの葛藤《かっとう》が生まれた。

天を想ってもいいのだと、それを幸せに感じるときもあれば、いつなにが起こるかわからない状況を、これまで以上に恐ろしく感じるときもある。

本来ヒトが暮らすことを許されない神の世にいる以上、いつ追い出されてしまうかもわからない。

抗《あらが》う余地もなく、ほんの一瞬ですべてが終わってしまう可能性だって、十分にある。

それに、たとえこのまま平和に過ごすことができたとしても、天よりもずっと寿命が短い芽衣は、天を置き去りにして先に死んでしまうのだ。

すべては想定していたはずのことだけれど、最近は、それらがより深刻さを増した。

芽衣はつい考え込んでしまい、ツユから顔を覗き込まれてハッと我に返った。

「あ……、ごめんなさい……、ついぼんやり……」

苦笑いで誤魔化《ごまか》したものの、ツユはまっすぐに芽衣を見つめる。——そして。

「芽衣、あなたはずいぶんこの世に馴染《なじ》んでらっしゃるようですが……、もしかして、あなたも……」

続きは、聞くまでもなかった。

芽衣は、ゆっくりと頷く。

「……はい。ここに、離れたくない人がいます……」

「まあ……」

「だから、戻りたくないんです」

止められるのではないかと、芽衣は思っていた。

ヒトと恋をし、こうして一人残されてしまったツユならば、きっと残される側の気持ちを代弁するだろうと。しかし。

「……素敵ですね」

ツユは、意外にもそう言って穏やかに笑った。

「え……？」

「懐かしくなりました。……私は自ら去ってしまいましたが……、あのとき添い遂げる選択をしていたならと、今もときどき思うのです」

「ツユさん……」

なんだか、不思議だった。

もう二度と会えない相手を想いながらも、どうしてそんなに幸せそうな顔ができるのだろうと。

すると、ツユは、呆然とする芽衣の手にそっと触れる。

「では、私たちは似たもの同士ですね」

「……」

芽衣はその微笑《ほほえ》みに癒されながらも、心の中でみるみる膨らみはじめた感情が抑えられなくなっていた。

「ツユさんは……、お辛くないんですか……？」

聞き辛いはずの問いが、スルリと口から零《こぼ》れる。

すると、ツユは迷うことなく、首を横に振った。

「辛いことなどありません。……私にとって、あの短い時間は、幸福以外のなにものでもありませんでしたから」

ツユが幸福だと口にした瞬間、芽衣の心の奥で凝《こ》り固まっていた不安がふわりとほどけるような心地がした。

芽衣は衝動任せにツユの手を握り返す。

「あの……、もう少し、ツユさんとお話がしたいです。……よかったら、今晩はやおよろずに泊まっていただけませんか……？」

「やおよろずとは……、芽衣が働く宿ですか？」

「はい。お伊勢参りにいらっしゃる神様たちがお泊まりになる宿です」

「神が……」

ツユは、少し戸惑っているように見えた。

神様の宿なんて言ったせいで恐縮させてしまったかもしれないと、芽衣は慌てて首を横に振る。

「あ、大丈夫ですよ！　神様以外も大勢いらっしゃいますし、主人は狐の化身なんです！　それに兎《うさぎ》の居候だっているし、私だってヒトだし……」

必死に補足すると、ツユは小さく笑い声を零した。

「ありがとうございます。……私には少々贅沢《ぜいたく》な宿ですが、これもせっかくの縁ですから、ぜひ」

「よかった！　お代は私がなんとかしますから！」

「そういうわけにはいきません。大丈夫ですよ、お代になり得るものならば、持っていますから」

少し意味深に微笑むツユに、芽衣は首をかしげる。

しかし、ツユはそれ以上なにも言わず、ゆっくりと立ち上がった。

「では、案内してくださいますか？」

「もちろんです！　行きましょう……！」

芽衣は大きく頷き、ツユを連れて草の縁を後にする。

やおよろずまでの道中、芽衣の心には、幸せそうに笑ったツユの表情が張り付いたまま、いつまでも離れなかった。


「ヒトと過ごした鶴の化身とは、またずいぶん有名な珍客を連れてきたものだ。もはや、才能だな」

ツユを部屋に案内した後、天を探したものの見つからず、ひとまず厨房《ちゅうぼう》に寄った芽衣は、居合わせた因幡にことの経緯を説明した。

すると、因幡はカウンターに頬杖《ほおづえ》をつき、呆《あき》れ顔で溜め息をつく。

「有名って、因幡はツユさんのこと知ってるの……？」

「知っているもなにも、ヒトの世にまで知れ渡っている有名な話だろう。畑の罠《わな》にかかってしまった鶴の娘をヒトの男が助け、鶴は恩返しをするため男を訪ね、そのまま夫婦になったという……」

「それって『鶴の恩返し』のこと？　……え、まさか、あれって実話だったの……？　ってことは、あの話に出てくる鶴がツユさん……？」

鶴の恩返しといえば、日本でもっとも知られている民話のひとつだ。

そんな有名な話の登場人物に会ったなんてとても信じられないが、因幡はさも当たり前のように頷く。

「それほど驚くようなことでもない。芽衣がよく知る少彦名《すくなびこな》もまた、ヒトの世では有名なはずだ」

「少彦名様といえば、草の縁の湯脈を探してくれた、とっても小さな神様だよね……？　あ、そっか、一寸法師《いっすんぼうし》か……！」

「うむ。もっと言えば、化身どころか雪の妖《あやかし》と夫婦になったという、酔狂《すいきょう》な者もいただろう」

「雪の妖……？　って、雪女のこと……？　あれも実話だったんだ……！　す、すごい……」

「……おい。のん気に驚いているが、神の世に迷い込んでそのまま居座ったお前が一番珍妙だろう。いい加減自覚しろ」

因幡は唖然《あぜん》とする芽衣に、嫌味ったらしい笑みを浮かべた。

言われてみればその通りだが、鶴の恩返しや雪女と比べると、芽衣にとっては、自分のことがとても小さな出来事に思えてならない。

「なんだか、先駆者がいるって思うと心強いな……」

「とはいえ、結末は必ずしも幸福とは言えぬ。あまりお気楽に考えるなよ」

因幡がサラリと口にした言葉に、芽衣は口を噤《つぐ》んだ。

確かに、民話の中には悲しい結末を迎えたものが多くあり、ツユもまた、民話通りならば、正体を知られてしまったことで男の元を去っているはずだ。

「でも、ツユさん、添い遂げる選択だってあったかもって言ってたし……、それに、昔のことを思い出してるときはすごく幸せそうで……」

芽衣は自分を納得させるかのようにぶつぶつと呟く。すると、そのとき。

「――無駄なことを考えるな。神ですら、先のことはわからないだろ」

背後に気配を感じて振り返ると、呆れた表情で立つ天の姿があった。

どうやら因幡との会話は聞かれてしまっていたらしい。芽衣はなんだか居たたまれず、目を泳がせる。

「す、すみません……！　あ、そうだ！　今晩、鶴の化身のツユさんっていう方をお泊めしてもいいですか？　お代は私の借金に上乗せしていただけると……」

「借金？　……そういえば、そんな話もあったな。別に好きなようにすればいいが、鶴といえば、十分な蓄えを持っているだろうに」

「蓄え……？　そういえば、お代になるものを持ってるって言ってたような……」

ふと頭を過ったのは、そう言いながらツユが見せた意味深な微笑み。

そのとき、突如、因幡が目を輝かせた。

「そういえば、鶴の純白の羽を使えば、この世のものとは思えぬ美しい反物《たんもの》ができるという噂があるな……！　芽衣、上手くやった！　それを貰えば相当な金に……」

「大変……！」

因幡が言い終えないうちに、芽衣は慌てて厨房を飛び出した。

ツユが鶴の恩返しに出てくる鶴だとするならば、ヒトの男と暮らしていたときに、自分の羽を毟《むし》って反物を織り、お金に替えていたはずだ。

そして、シロが話していた、もう飛ぶことができないという話から想像するに、おそらくツユにはほとんど羽が残っていない。

しかし、ツユの口ぶりからすると、やおよろずに支払う代金として、残り少ない自分の羽を使って反物を織ろうとしている可能性がある。

そんなことはさせられないと、芽衣は大急ぎでツユを通した部屋へ向かった。

「ツユさん……！」

声もかけずに戸を開け放つと、目を丸くしたツユと目が合う。

その手には見事な反物があり、芽衣は愕然《がくぜん》とした。

「なんてことを……！」

「芽衣……？」

「もっと、自分のこと大切にしてください……！」

しかし、半泣きの芽衣を他所に、ツユはこてんと首をかしげる。

そして、芽衣と反物を見比べながら、突如、可笑しそうに笑った。

「……芽衣、あなたはおそらく勘違いをしています」

「は……？」

「これは、少し前に亜麻《あま》を使って織ったものです。私は機織《はたお》りが得意ですが、さすがに機織り機もなしに反物は織れません」

「えっと……、じゃあ、その反物は、ツユさんの羽で織ったものじゃないってことですか……？」

「ええ。これならばお代になるかと」

「お代なんていらないって言ったのに……。ってか、よかった……」

安心して力が抜け、芽衣はその場にがっくりと膝《ひざ》をつく。

すると、ツユが慌てて傍に来て芽衣の背中をそっと撫でた。

「そんなに慌てて、とても心配してくださったのですね」

「そりゃ、しますよ……。私が誘ったせいで羽がなくなったらって思うと、血の気が引きました……」

「……ヒトとは、本当に優しいのですね。……思えば、あの方もとても優しくしてくださいました」

「あの方って、ツユさんを罠から助けてくれたっていう……？」

「ご存知でしたか。……平治《へいじ》さんといいます。私は仲間とはぐれ、罠にかかり、深い傷を負っていました。あの日は酷《ひど》い吹雪《ふぶき》で、今思えば、真っ白な私を見つけてくれたこと自体、奇跡だったと思います。そのときに、誓ったのです。私は平治さんのためならば、どんなことでもしようと」

「それで、平治さんに会いに行ったの……？」

「ええ。再会した私は、どうしてもあなたの役に立ちたいと伝えました。もちろん、私が助けた鶴だと知る由もない平治さんは戸惑っていましたが、……共に暮らすうちに、たったひとつだけ、お願いをされたのです……」

ツユは語尾を言い淀み、かすかに俯いた。

頬《ほお》が少し赤く、芽衣はふと思い立つ。

「……もしかして、お嫁さんになってほしいって言われました……？」

「……」

ツユが顔を覆《おお》った瞬間、芽衣はつい頬が緩んだ。

どれだけ幸せな瞬間だっただろうと、想像しただけで心がぎゅっと震える。

「素敵な話……。それで、夫婦になったんですよね？　……どんな日々を送ったんですか……？」

続きを急《せ》かす芽衣に、ツユは嬉しそうに頷く。しかし、そのときふいに、ツユが窓の外に視線を向けた。

「……芽衣。なんだか外がざわめいているようですが……、お客様では……？」

「あ……！」

気付けば、そろそろ宿泊する神様たちがやってくる時間だった。

芽衣は名残惜しい気持ちを抑えて立ち上がる。

「ツユさん、仕事が落ち着いたらまた来てもいいですか……？」

「ええ、よければ今夜はここで過ごし、芽衣の話も聞かせてください」

「いいんですか……？　ありがとうございます……！　急いで仕事を終わらせますね！」

芽衣は頷き、ツユの部屋を後にした。

なんだか気持ちが高揚していて、階段を下りる足取りも軽い。

それは無理もなく、神の世へ来て以来、芽衣が女性と恋愛の話をする機会なんてほとんどなかった。

まるで学生の頃に戻ったような懐かしさを覚えながら、芽衣は玄関へと急ぐ。そして、神様をお出迎えするためにちょうど玄関先に出ていた天の横に並んだ。

「芽衣、これから迎える客は浅葱《あさぎ》の間に通してくれ」

「はい！」

「……ずいぶん機嫌がいいな」

「ふ、普通です！　あ、天さん、今日は私、ツユさんのお部屋に泊まりますね！　誘っていただいたので！」

嬉しさを隠しきれない芽衣に、天は肩をすくめる。

けれど、かすかに目を細め、芽衣の頭にそっと触れた。

「騒いで迷惑かけるなよ」

「そ、そんなことしませんよ……」

皮肉はいつも通りだが、口調も表情も優しい。

芽衣に好きだとサラッと口にして以降も、天の態度はあまり変わらず拍子抜けする程に平常心だけれど、こうして、ふとした瞬間に、ちょっとした扱いの変化を実感することがある。

芽衣は慌てて目を逸《そ》らし、恥ずかしさを誤魔化した。


「――まさか、芽衣のお相手がやおよろずのご主人の天殿とは。……過去に、何度か噂を耳にしたことがあります」

夜になり、ツユの部屋を訪ねた芽衣が天のことを話すと、ツユは想像以上に驚いていた。

「噂……？　天さんのですか……？」

「ええ。狐とはそもそも器用で賢い生き物ですが、中でも群を抜くやり手の狐がいると。商いに長《た》け、大変な守銭……いえ」

「……守銭奴《しゅせんど》って言いかけました？」

「す、すみません……。ただの噂ですから……」

申し訳なさそうに否定するツユに、芽衣は思わず笑う。

「いえ、実際に守銭奴ですから。商魂逞《たくま》しくて、すっごく溜め込んでるし。……ただ、使うときも豪快ですけどね……。とくに、仲良しの神様たちと飲むときとか」

「見た目によらないのですね。先程ご挨拶《あいさつ》に来てくださいましたが、鮮やかな着物がよく似合う、大変美しい顔立ちをされていました。神々にすらも引けをとらないくらいに」

「……か、神々って……」

自分が褒められているわけでもないのに、なんだか恥ずかしくなって芽衣は顔を伏せる。

こうして天のことを語れることが、芽衣にとってはとても新鮮だった。

ただ、もちろん幸せなことばかりではなく、天のことを思うと、愛《いと》しさと同じくらいの不安が心の中で交錯する。

芽衣は並べて敷いた布団に寝転び、ぼんやりと天井を見つめた。

「だけど、私……、天さんを置いてきぼりにしちゃうんですよね」

思わず零れた不安。

すると、ツユは物憂げに瞳を揺らした。

芽衣は慌てて上半身を起こす。

「あ……、ごめんなさい、辛いことを思い出させてしまって……」

しかし、ツユはゆっくりと首を横に振り、穏やかな笑みを浮かべて芽衣の横の布団に寝転んだ。

「いえ、辛いことではありません」

「でも……」

「共に過ごした時間は、なくなりませんから。……幸せだった日々は、いつまでも心の中にあります」

「いつまでも……？」

「ええ。まるでいつも傍にいるかのように、鮮明に覚えています。どんなに短い間だったとしても、忘れ難い日々ですから」

そのとき、ふと頭を過ったのは、芽衣との忘れられない思い出ならうんざりする程あると口にした天の言葉。

思い出だけを持って生きていくのは辛いはずだと、心のどこかでそう思い込んでいたけれど、はっきりと言い切ったツユの口調は、ただの慰めには思えなかった。

芽衣は縋《すが》るような気持ちでツユを見つめる。

「……寂しくないんですか……？」

「寂しさすらも、愛しく思います。……大丈夫、置いてきぼりにされたなんて、思っていません」

「ツユさん……」

「芽衣、あなたがやるべきことは、愛しい方の傍で幸せに生き、幸せに生を終える、ただそれだけです」

「それだけ……？」

「ええ。そうすれば、天殿は永遠に幸せでしょう」

芽衣には、天やツユのように長く生きる者たちの気持ちはわからない。そこは、どんなに考えてもとても共感し得ない、ヒトとヒトでない者の圧倒的な違いだ。

けれど、ツユの言葉は、不思議と芽衣の心にスッと馴染んだ。

「なんだか少し、気持ちが軽くなったかも……」

脳裏にふと、天の姿が思い浮かぶ。

今はまだ、永遠に幸せだという言葉をそのまま希望にすることは難しいけれど、そうだといいのにと願わずにはいられなかった。

しかし、そのとき。ツユがわずかに声色を変える。

「ただ、長く余韻を残すのは幸せだけではなく、悲しみもまた同じです。——もし、芽衣に悲しい最期を迎えるようなことがあれば、天殿は永遠に苦しみ続けるでしょう。それだけは、心に留《とど》めておいてくださいね」

ドクンと心臓が揺れた。

途端に、指の傷が疼《うず》きはじめる。

「永遠に……」

「芽衣？」

「……いえ」

傷のことは、口にすることができなかった。

ツユは不思議そうに首をかしげながらもなにも聞かず、布団の中から手を伸ばして芽衣の手を握る。

「どうか、天殿のためにも、穏やかに過ごしてくださいね。……私は思い出だけでも十分幸せですが、正体を知られたときに逃げ出してしまったことには、やはり悔いがあります。あなたは、できるだけ長く一緒にいてあげてください。一日でも、一刻でも長く」

「……はい」

頷くと、ツユは優しく微笑み、静かに目を閉じた。

いろんな感情が渦巻き、芽衣はとても眠れそうになかった。

窓の外に視線を向けると、今にも消えてしまいそうな細い月が浮かんでいて、そのはかない灯りに胸がざわめく。

そして、なんだか天に会いたくなった。

ひとつ屋根の下で共に暮らしているというのに、ほんの少し顔を見ないだけで、伝えたいことがみるみる溜まっていく。

今日に関しては、特に顕著だった。

ツユと出会ったことで大きな希望を得たと同時に、それは簡単に絶望に転んでしまう、不安定なものであることを知った。

天はなんて言うだろうと、目を閉じて想像した瞬間に脳裏に浮かんだのは、天が時折見せる呆れたような笑み。

大丈夫だと、考えすぎだと言われているようで、芽衣はほっと息をつく。

やがて、芽衣はいつの間にか眠ってしまっていた。

翌朝、ツユは出羽《でわ》へ行くと言い旅立って行った。

出羽とは現在でいう山形にあたり、平治が眠る場所なのだという。

芽衣と話したことで無性に平治に会いたくなったと話すツユの表情は、昨日よりも少し明るく見えた。

まさに、思い出を持ってさえいれば永遠に幸せだという言葉を、体現するかのように。

「最初は寂しそうだなって思ったのに、そんなことなかったみたいです。……むしろ、すごく幸せそう」

ツユが見えなくなるまで見送った後、芽衣は玄関先に立ち尽くしたまま、思わずそう呟いた。

すると、天が小さく肩をすくめる。

「それにしても、飛べなくなるまで身を削るとは健気なことだな。そんなことをされた男はさぞかし複雑だったろうに」

「相手はヒトですから、まさかツユさんが鶴で、自分の羽を使って機織りをしてるなんて想像もしてなかったんですよ……」

「だからこそ、知ったときの絶望は計り知れないだろ」

「それはそうですけど……。とりあえず、私なら売っちゃった反物をなんとしても取り戻しに行きます……」

「……そういう問題じゃないだろう。反物にした羽はもう戻しようがない」

ふと見上げると、天は、昨日芽衣が布団の中で思い浮かべたような、呆れた表情で笑っていた。

燻《くすぶ》っていた不安が、一瞬で曖昧《あいまい》になっていく。

「そういう問題でもありますよ。……だって、誰にも渡したくないじゃないですか。大切な人の一部なんだから」

「……」

天はなにも言わず、くるりと踵《きびす》を返して玄関へ向かった。

しかし、芽衣が慌てて後を追うと、突如立ち止まって振り返る。

「一応言っておくが、お前は逃げられないからな」

「え……？」

「……借金があるだろう。踏み倒すなよ」

「昨日はそんなことすっかり忘れてたじゃないですか……」

「返事」

「……わ、わかってます」

もう借金で繋《つな》ぎ留めるような間柄でもないのに、わざわざ念押しをする天が、なんだか可愛く思えた。

芽衣が横に並ぶと、天は自然に歩調を合わせる。

思えば、天は本当に優しくなった。芽衣はしみじみそう思いながら、ツユから言われた自分がやるべきことを、心の中で噛《か》み締めていた。

第一章　伝説の竜の罪と罰

それは、夏が近付いたある日のこと。

庭に水を撒《ま》いていた芽衣の前に猩猩が現れ、ずいぶん慌てた様子でぐいぐいと腕を引いた。

「え、なに……？　どうしたの……！」

猩猩は、酒を盗むという悪癖こそあるが、普段は大人《おとな》しい。

最近では、芽衣の畑仕事を手伝ってくれたり、作物を盗もうとする因幡を牽制《けんせい》してくれたりしていた。

そんな猩猩の血相を変えた顔を見て、たちまち嫌な予感が過る。

「待って！　ちゃんと付いていくから、落ち着いて……！」

「キッ」

返事だけはいいが、猩猩の勢いは収まらない。やがて、動きの遅い芽衣にしびれを切らしたのか、突如横抱きにしてふわりと屋根に飛び上がった。

「きゃぁっ！　ちょっ……、怖……！」

いきなり覚えた浮遊感に、芽衣はたちまちパニックに陥る。——しかし。

屋根に上がった瞬間、視界に入った異様な光景に、息を呑《の》んだ。

猩猩は冠瓦《かんむりがわら》の上を身軽に走って玄関側まで移動すると、芽衣を下ろす。

「キッ」

「……」

猩猩はほら見ろと言わんばかりに得意げに鳴くけれど、芽衣には反応する余裕がなかった。

「な、なに、これ……」

そこにいたのは、十メートル程はありそうな、大きな竜。やおよろずの鳥居に首をもたせて、胸を大きく上下させながらぐったりしている。

どうやら、かなり弱っているらしい。

「猩猩、傍に連れて行って……！」

「……キ」

「大丈夫、危なくないよ。すごく弱ってるから」

警戒心の強い猩猩は少し不安げだったけれど、ふたたび芽衣を抱えて屋根から飛び降り、玄関先にそっと下ろしてくれた。

芽衣はおそるおそる鳥居へ近寄り、竜を見上げる。

「あ。あの……、竜神様、ですか……？　大丈夫ですか……？」

呼びかけると、竜はかすかに目を開き、辺りをずしんと揺らして地面に首を下ろした。

「……み、ず」

響いたのは、その恐ろしい姿にはそぐわない、弱々しい声。

「水……？　水が必要なんですね……？　すぐにお持ちします！　猩猩お願い、手伝って！」

竜が何故ここにいるのかはまったくわからないが、とにかく水を飲ませてあげようと、芽衣は庭の水路へ急いだ。

そして、洗濯用の一番大きな桶《おけ》に水を張り、猩猩に運んでもらって竜の元へ戻る。

「お待たせしました……！」

鼻先に桶を置くと、竜は辛そうに首を持ち上げた。

しかし、突如桶ごと口に咥《くわ》え、一瞬で水を呷《あお》ったかと思うとふたたび地面に項垂《うなだ》れてしまった。

空になった桶が、カランと音を立てて芽衣の足元に転がる。

「これじゃ全然足りない……！　猩猩、もう一回お願い……！」

芽衣はもう一度水路へ向かいながらも、もはや、桶の水なんかでは到底足りないことを察していた。

それに、竜の体を覆う鱗《うろこ》はカサカサに乾いて痛々しい。おそらく、本来は水の中に棲《す》んでいる竜なのだろう。

だとすると、竜の全身が浸かれるような水場があれば一番いいが、湖までは距離があるし、弱った竜に無理やり移動させるわけにはいかない。

なにかいい方法はないかと、芽衣は必死に頭を働かせた。――そして。

「そうだ……！　シロのところなら……！」

思い付いたのは、草の縁。

水といっても温泉だが、草の縁の泉質はあまりクセがないし、なにより常にこんこんと湧《わ》き続けていて、どれだけ飲んでも簡単には涸《か》れないだろう。

芽衣は竜に二度目の水を届け、鼻先をそっと撫でた。

「これを飲んだら、ほんの少し移動できませんか……？　すぐそこに温泉があって、ここよりはずっと満たされると思うので……」

竜はかすかに目を開けて、芽衣をじっと見つめる。

そして、桶の水をさっきと同じように一瞬で飲み干すと、辛そうにゆっくりと体を起こした。

「……そこへ、案内してもらえるだろうか」

かすれた声が響き、芽衣はこわごわ頷いた。

すると、竜はふいに芽衣の着物の後ろ襟《えり》を咥え、自分の背中にひょいと乗せる。

「うわっ……、ちょっと待っ……」

慌てて掴《つか》まりながらも、今日はこんなことばかりだと妙に冷静に考えている自分がいた。

竜の背中は不安定で、乗り心地がいいとはとても言い難い。

ただ、今はそんなことを気にしている場合ではなく、芽衣は早速、草の縁の方を指差した。

「あっちです！　次第に温泉の香りがしてくると思うので、辿《たど》ってください。……あと、猩猩！　草の縁に案内してくるから、天さんに伝えて……！」

猩猩が頷いたと同時に、竜はゆっくりと体を浮き上がらせる。そして、空に飛び上がると、目を開けていられないくらいの速さで移動をはじめた。

それは、天の背に乗せてもらっているときの感覚と、少し似ていた。地上を移動するより何倍も怖かったけれど、芽衣は、草の縁を見失わないように必死に眼下の景色を確認する。

すると、間もなく、山の中でもひときわ目立つ、真っ白い建物が目に入った。

「あ、あのっ……、あそこです！　湯気が立ち昇ってる白い建物……！」

芽衣が指差すと、竜はこくりと頷く。そして、草の縁の庭に見える一番大きな温泉へ一直線に向かった。

そのあまりの速度に、ふと嫌な予感が過る。

「あ、あの……？　ちょ、ちょっと、スピード緩めなきゃ危な……」

温泉はどんどん迫っているというのに、竜から返事はなかった。

おそらく、あまりの渇きのせいで、温泉を見た瞬間に我を忘れてしまったのだろう。

このまま突っ込む気なのだと察した瞬間、縁側から青ざめた顔で見上げるシロの姿が目に入った。

「シロ！　逃げて……！」

芽衣の叫び声が響いたのと、激しい水飛沫《みずしぶき》が上がったのはほぼ同時だった。

たちまち体が投げ出される衝撃を覚え、全身が温かい湯に包まれる。

息ができず、すっかりパニックに陥った芽衣は、湯の中で必死にもがいた。――しかし。

突如、まるで底を抜いたようにみるみる水位が下がり、芽衣は水面から顔を出す。

「あれ……？」

わけがわからず呆然としていると、背後から激しく喉を鳴らす音が響いた。

振り返れば、竜は温泉に顔を突っ込み、勢いよく湯を吸い込んでいる。

混乱と驚きで、もはや芽衣の頭の中は真っ白だった。

すると、この混沌《こんとん》とした状況にそぐわない軽い笑い声が響く。

「芽衣、また変なの連れてきたね」

視線を向けると、可笑しそうに笑うシロの姿があった。

芽衣は途端に我に返り、辺りをぐるりと見回す。

草の縁の庭は、どこもかしこも水浸しだった。シロの着物からも水が滴っていて、
芽衣の顔から一気に血の気が引く。

「シロ、ごめんなさい……！　すごく喉が渇いてるみたいだったから案内したんだけど、まさか突っ込むなんて……！」

しかし、シロはまったく気に留める様子はなく、ずぶ濡れのまま相変わらずケラケラと笑っていた。

「いいよ、面白かったから。どうせこの時間はお客さんもいないしね。それよりはやく上がっておいで」

シロに手を差し出され、芽衣はほぼ空になった温泉から這《は》い上がる。

竜はといえば、今もまだ無我夢中に温泉の湯を飲み続けていて、とても会話ができるような状態ではなかった。

「ってか……、めちゃくちゃ飲むじゃん。うちは別にどんどん湧くからいいけど、この竜の体どうなってんの……？」

シロは興味深そうに竜の姿をまじまじと眺める。

確かに、いくら体が大きいとはいえ、これだけのお湯を飲んでもまだ満たされる気配がないなんて、明らかに異常だった。

桶では到底足りないわけだと芽衣は納得する。

やがて、竜は空になった温泉から顔を出し、今度は隣の温泉に首を突っ込むと、ふたたび喉を鳴らす。

芽衣とシロは、その光景をしばらく眺めていた。――すると、そのとき。

「おい！　芽衣！」

突如響いた、よく知る声。

視線を向けると、芽衣たちの方へ近寄ってくる天と因幡の姿があった。どうやら、猩猩が伝えてくれたらしい。

「天さん、因幡……！」

「芽衣、これはまた、とんでもないことになっているな……」

因幡は竜の姿を見るやいなや、興味深そうにその体を眺める。

一方、天は芽衣に自分の羽織をかけると、さも面倒そうに溜め息をついた。

「……これは、陸奥《むつ》や羽後《うご》を渡り歩いた有名な竜だな」

「有名な竜……？」

どうやら、天はこの竜のことを知っているらしい。ただ、陸奥や羽後といえば今でいう東北にあたり、伊勢からはずいぶん離れている。

「そんなに遠いところから、伊勢まで……？　だからこんなに喉が渇いてたんでしょうか……」

まだ湯を飲み続けている竜を見ながら、芽衣はようやく納得する。しかし。

「いいや違うな。……この異常な渇きは、いわゆる呪《まじな》いのようなものだろう」

神様をはじめ神の世での出来事に造詣の深い因幡が、芽衣の言葉を否定した。

「どういうこと……？」

「おそらく、天の言う通り、この竜は八郎太郎《はちろうたろう》という名の八郎潟《はちろうがた》の主だ」

「八郎太郎、さん……？　なんだか、ヒトみたいな名前……」

「当然だ。八郎太郎は元はヒトだからな」

「え……？」

考えもしなかった言葉に、芽衣の心臓がドクンと大きく鼓動した。

八郎太郎の姿に、ヒトだった面影はまったくない。

混乱する芽衣を他所に、因幡はさらに言葉を続ける。

「大昔に犯した罪により、八郎太郎は永久に喉が渇き続けるという罰を受けたらしい。川の水をいくら飲んでも満たされず、やがて十和田《とわだ》湖に居座って水を飲み続けているうちに、竜の姿に変わってしまったのだ。……それが、今も語り継がれている、三湖《さんこ》伝説の始まりだ」

「三湖伝説……？」

「お前は当然知らぬだろうな」

嫌味を言ってはいるが、自分の知識を披露するのはやぶさかではないらしい。因幡は腕を組み、得意げに髭《ひげ》を揺らす。

「簡単に言えば、八郎太郎は三つの湖を渡り歩いたのだ。最初に棲んだ十和田湖は、僧との戦いに敗れ、追い出されたとか――」

因幡の話によると、十和田湖を追い出されてしまった八郎太郎は川を下って逃げ、やがて新たな湖を作り、八郎潟と名付けて主となった。

豊かな水に恵まれ、しばらく平和に暮らしていたが、八郎太郎はある日、辰子《たつこ》という名の竜の存在を知る。しかも、辰子も元はヒトであったと。

八郎太郎は辰子が棲むという田沢《たざわ》湖へ向かい、その美しい姿に一瞬で惹かれた。

辰子もまた同じで、やがて、二人は冬の間だけ田沢湖で共に暮らすようになったのだという。

「――というわけで……、細部はかなり端折《はしょ》ったが、今話したのが、三つの湖を渡り歩いた八郎太郎の軌跡だ。ちなみに、冬の間の田沢湖は二頭の竜に守られ、水の量が増えるという言い伝えがある」

「そうなんだ……。よくわかったけど……、ただ、八郎太郎さんって昔からこんなに喉の渇きに苦しんでるの……？」

八郎太郎の様子はあまりに辛そうで、見ていられなかった。長い年月、こんな渇きと闘っていたのかと思うと哀れでならない。

するとそのとき。

「……違う。兎が言った通り、これは突如始まった発作だ」

返事をくれたのは、因幡ではなかった。

視線を向けると、温泉の縁《ふち》にぐったりと頭をもたげた八郎太郎が、細く目を開け芽衣たちを見つめていた。

どうやら、温泉二つぶんの湯を飲み、少し落ち着いたらしい。芽衣はほっと息をつく。

「お体は大丈夫ですか……？」

「もはや干からびて力尽きるところだった。……助けてもらい、感謝する」

「いえ……、あの、発作ってことは、いずれは収まるんですよね……？」

不安になって尋ねると、八郎太郎はまだ少し虚《うつ》ろな目を揺らした。

「……わからぬ。なにせ、これ程の渇きに襲われたのは、竜になった大昔以来のことだ」

「ってことは、急に……？」

「常に渇いていることは確かだが、今回は酷《ひど》い。……どれだけ飲んでも一向に満たされぬ」

「そんな状態で、どうしてこんなところまで……」

それは、芽衣がもっとも気になっていた疑問だった。

酷い発作が起きているというのに、湖を離れ、長い距離を移動してくるなんて自殺行為だ。

すると、八郎太郎は隣の温泉にずるずると這って移動し、あっという間に半分程の湯を飲み込むと、ふたたび顔を上げた。

「天照大御神《あまてらすおおみかみ》に会い、赦《ゆる》しを乞えば、この地獄から救われるかもしれぬと……、辰子から知恵を貰いやってきたのだ」

「なるほど……。伊勢神宮へ行くところだったんですね。だったら、症状が落ち着いてる間に行った方が……」

「一度は向かった。……だが、鳥居を潜る決意ができなかったのだ。……私は元々罪を犯して竜にされた身。おそらく宇治橋《うじばし》を渡ることすら許されず、一瞬で消し炭にされてしまうだろうと……」

「そんな……」

つまり、八郎太郎は宇治橋を渡る決心がつかず、この辺りを彷徨《さまよ》っていたらしい。

ふいに、話を聞いていた因幡が面倒臭そうな表情を浮かべた。

「姿は竜でも、肝っ玉の小ささはやはりヒトだな。迷っていてもなんの解決にもならぬだろうに」

「因幡、言い方……」

「ヒトと一括《ひとくく》りにしたが、芽衣は別だぞ。お前は肝っ玉が大きいだけでなく、すっかり麻痺《まひ》しているからな。誰もそこまでは求めていないというのに」

「……褒められてる気がしない」

「褒めておらぬ」

「ちょっと……！」

「――やめろ」

喧嘩が始まりかけた瞬間、天が慣れた様子で因幡の首根っこを掴んだ。

そして、八郎太郎に視線を向ける。

「行かないのなら、ぐずぐず迷ってないで早く田沢湖なり八郎潟なりに戻るべきだろう。竜が棲む湖ならば水が絶えることもなく、ここにいるよりよほど満たされるはずだ」

言い方はドライだが、確かに天の言う通りだった。

この状態で彷徨っていても、衰弱する一方だ。

すると、八郎太郎は湖面のように青く澄んだ目を切なげに揺らした。

「……情けないのは承知だ。だが、それでも帰るわけにはいかぬ……。なぜなら、この発作に苦しんでいるのは私だけではない。……辰子が、私以上に酷い渇きを訴えているのだ」

「辰子さんも……？」

「このままでは、あの雄大な田沢湖ですら、いずれは涸れ果てるかもしれぬ。本来ならば、私はこの時期にはすでに八郎潟へ移動しているはずだが……、私が田沢湖を去れば水が減ってしまうと思い、それができなかった。……しかし、いつまでも主が不在の八郎潟もまた、みるみる水が減っている。もはや、天照大御神に頼る他、打つ手がない」

「……だったらさっさと天照大御神の元へ行けばよい。同じことを何度ぐずぐずと悩み続けるつもりだ。時間の無駄だろう」

「因幡……」

因幡はすっかり呆れていた。それは無理もなく、八郎太郎は強そうな見た目とは裏腹に、どうやら気が弱いらしい。

しかし、芽衣には、宇治橋を渡ることを怖れる八郎太郎の気持ちもよくわかっていた。

思い出すのは、因幡と出会った頃のこと。

八十神《やそがみ》に追われて宇治橋を渡ったとき、邪《よこしま》な存在である八十神は、宇治橋鎮守神《うじばしまもりのかみ》によって内宮《ないくう》に立ち入ることを許されず、雷に打たれて一瞬で消え去ってしまった。

あのときの凄《すさ》まじい威力は、今も忘れられない。

ただ、鎌を振り回して芽衣たちを追い回した八十神はともかく、芽衣には、八郎太郎があんなふうに消されてしまうとはとても思えなかった。

「あの……ちなみに、八郎太郎さんはどんな罪を……？　そんなに許されないことをしたんですか……？」

正直、その内容次第かもしれないと、芽衣は遠慮がちに尋ねる。

すると、八郎太郎は過去に想いを馳《は》せるかのように遠い目をし、ぽつりぽつりと語りはじめた。

「大昔のことだが……、私は仲間たちと共にマタギをして暮らしていた。何日も山奥に籠《こも》り、熊を追い続ける過酷な仕事だった。……ある日、なんの収獲もないまま長く山を彷徨い続けた私は限界を迎え、最後の糧食《りょうしょく》を、仲間のぶんまで食ってしまったのだ」

「……食べもの、ですか……？」

「出来心だった。皆の恨みがそうしたのか、山の神の怒りに触れたのかはわからぬ。……その瞬間から酷い渇きに襲われ、気付けば竜となって十和田湖にいた」

「……」

正直に言えば、少し拍子抜けな話だった。

確かに良い行いとは言えないが、そのせいで竜にされてしまったなんて、いくらなんでも不憫《ふびん》に思える。

「……おい芽衣、そんな顔をしてやるな……。マタギとは過酷なものだと聞く。獲物も獲れず食い物までなくなれば、ヒトはそう何日ももたぬだろう。食い物の恨みは怖ろしいのだ……」

ポカンとする芽衣の考えを察したのか、因幡がそう補足した。

ただ、そうと聞いてもなお、あまりに罰が重すぎるように思える。

「……八郎太郎さん、天照大御神様のところに行きましょう。なんだか大丈夫な気がします。私がお供しますから」

芽衣は黙っていられず、そう提案した。

天から、余計なことをと言うなとばかりの視線が刺さる。

しかし、肝心の八郎太郎は、ぐったりしたまま動く気配がなかった。

「芽衣といったか……、ありがたいが、私は所詮罪人だ。私と共に来れば、お前も巻き添えを食うかもしれぬ」

「大丈夫ですよ。天照大御神様や宇治橋鎮守神様もお会いしたことがありますし、そんなに怖い方々じゃありませんから。それに、八郎太郎さんはもう十分すぎるくらいの罰を受けたと思いますし……」

「そんなことはない。……私は竜になって以来、図らずも、ヒトから神と崇《あが》められることが増えた。……なにもできぬ、ただのヒトだというのに。おそらく、そのことも責められるだろう」

「それは八郎太郎さんのせいじゃ……！」

「――芽衣よ、放っておけ。そいつは臆病者だ。……付き合いきれぬ」

そのとき、ついに痺《しび》れを切らした因幡がそう呟いた。

なかなか決心できないでいる八郎太郎に、苛立ちが限度を超えたらしい。

「因幡、そんなこと言わないで……」

「お前のように、呆れる程考えなしな奴もどうかと思っていたが、優柔不断よりは百倍マシだと今気付いた。……俺はウジウジした奴は嫌いだ。……もう帰る。腹が減った」

「待って因幡……！」

慌てて止めたものの、因幡は立ち止まらずにあっさりと草の縁を出て行ってしまった。

この局面で因幡の知恵を借りられないのはかなりの痛手だった。途方に暮れる芽衣に、天までもがうんざりした表情を浮かべる。

「……芽衣。悪いが俺も同意見だ。お前のことだから、一度構うと決めた以上意地でも面倒を見る気なんだろうが、これぱっかりは、八郎太郎自身が心を決めねば意味がない。それまでは、芽衣にできることはなにもないぞ」

「でも……」

「無理矢理、天照大御神のところに引っ張って行く気か？」

「……」

確かに、天の言う通りだった。

芽衣は、相変わらず項垂れている八郎太郎の前に膝をつき、その鼻先にそっと触れる。

「……八郎太郎さん。怖いのはわかりますけど、少しだけでいいから勇気を出しませんか……？」

しかし、八郎太郎は視線すらも合わせてくれない。

「……兎や狐の言う通りだ。私に構ってもなんの得もない。……もういいから、放っておいてくれ」

八郎太郎は、因幡や天の言葉に打ちのめされているようだった。

今はなにを言っても受け入れてもらえる気がせず、しばらく一人にしておいた方がいいのかもしれないと芽衣は思う。

とはいえ、八郎太郎を草の縁に案内したのは芽衣であり、シロにこれ以上迷惑をかけるわけにもいかなかった。

今は渇きが落ち着いているようだし、今のうちに近くの湖に案内すべきか悩んでいると、しばらく黙っていたシロが突如口を開く。

「この竜なら、置いていってもいいよ。芽衣のことだから、どうせ様子を見にきたいだろうし。だったら近くにいた方がいいでしょ？」

「シロ……」

「これじゃ温泉使えないから、サボる大義名分にもなるし」

どうやら、芽衣の気持ちはすべてお見通しのようだった。芽衣が気に病まないよう気遣いまでしてくれるシロの優しさに、芽衣は心から感謝した。

「シロ、ありがとう……。じゃあ、空き時間に様子を見にくるから、お願いしてもいい……？」

「もちろん。まかせて」

明るい返事に、芽衣は胸を撫で下ろす。すると、待ちくたびれた様子の天が、芽衣の手首を引いた。

「……帰るぞ」

「あ、はい……！　八郎太郎さん、またあとで……」

声をかけたものの、反応はない。

改めて見れば、八郎太郎の体は最初と比べてずいぶん潤っていたけれど、いたるところに深い傷痕があった。

ふと思い出すのは、因幡が話していた、戦いの末に十和田湖を追い出されたという話。

元はヒトだというのに、ヒトの人生では到底経験しないような多くの困難を越えてきたのだと想像すると、胸が苦しくなった。

「八郎太郎さん……」

思わず名を呼ぶと、八郎太郎の瞼《まぶた》がかすかに動く。

放っておいてほしいと言われたばかりで、煩《わずら》わしく思われるかもしれないという不安もあったけれど、そのときの芽衣には、八郎太郎にどうしても伝えたいことがあった。

「あの、……神様って、人が祈るから神様になるんだって聞きました。だから、祈る側が神様だと思ったなら、八郎太郎さんはやっぱり神様なんだと思います」

いつだったか、芽衣は、ヒトに忘れられて小さくなってしまった竜神と出会い、ヒトが神々にかける願いの尊さを知った。

そして、神様とは決して万能なわけではなく、たとえなにもできなくとも、ヒトに寄り添い、かけられた願いを一緒に祈ってくれる優しい存在であることも。

「だから……、そう信じて八郎太郎さんに願いを託したヒトたちの心を否定する権利なんて、誰にもないんじゃないでしょうか……。……たとえ、天照大御神様であっても」

八郎太郎から、反応はなかった。

けれど、今はそれを伝えられただけで十分だった。

見上げると、天は小さく頷き、芽衣の手を引く。

やおよろずへ向かって歩きながら、つい頭を過るのは、八郎太郎が元はヒトであるという事実。

芽衣の指先にある奇妙な傷は、つまり、そういうことなのではないかと、――自分は、八郎太郎と似た運命を辿ろうとしているのではないかと、そう考えずにはいられなかった。

だから、いつも以上に干渉してしまいたくなるのかもしれないと芽衣は思う。自分と重ねて希望を託すなんて自己中心的だと思いながらも。


その日、やおよろずはやけに忙しく、結局、日が落ちるまで芽衣の手が空くことはなかった。

ようやくひと段落したタイミングを見計らい、芽衣は草の縁へ向かうため、慌てて準備をはじめる。

ただ、夜の外出は必ず因幡か猩猩に付き添わせるようにと天から言われているのに、そのときに限って二人とも見当たらなかった。

「因幡！　猩猩……！　どこにいるの……？」

因幡はともかく、芽衣に懐いている猩猩はいつもすぐに姿を現してくれるのに、何度名を呼んでも一向に気配はない。

しかし、そのとき。どこからともなく猩猩の鳴き声が聞こえた気がした。

「今の、庭から……？」

芽衣は厨房から庭に出て、辺りをぐるりと見回す。――すると。

「きゃあっ……！」

二階の屋根の上に八郎太郎の姿があり、芽衣は思わず悲鳴を上げた。

なぜここにと、たちまち疑問が浮かぶけれど、月明かりに照らされたその姿はあまりに神秘的で、芽衣はしばらく言葉を失う。

すると、八郎太郎は屋根の上から大きな目で芽衣を見つめる。その瞳には、さっきとはまるで別人のような光が宿っていた。

「……私は、いつも後ろめたさを抱えて過ごしてきた」

「え……？」

唐突な言葉に、芽衣は戸惑う。

すると、八郎太郎はゆっくりと瞬きをした。

「……しかし、芽衣の言葉を聞き、考えが変わった。私を神だと崇めた者たちにとって、私の存在は、多少なりとも救いになっていたのかもしれぬ。……そう思うと、厚かましくも、初めて誇りを持てた気がした」

「八郎太郎さん……」

「ただ、初めて持てたその誇りすらも、一番大切な者を救えぬようなら無意味だ。……私は、やはり天照大御神の元へ行こうと思う」

決意の滲《にじ》む声に、心がぎゅっと震えた。

そこにはもう、因幡にまで呆れられた、優柔不断な八郎太郎の姿はない。

「……ぜひ、お供させてください」

芽衣がそう言うと、八郎太郎は少しほっとしたように目を細めた。

「情けないことは重々承知だが……、それを頼みにここへ来た」

「情けなくなんてないです。……そんなに立派になろうとしなくたっていいじゃないですか。どんな形でも、守りたいって思った気持ちが大事だと思います」

「……不思議だな。お前と話すと、赦された気になる」

「きっと赦されます。大丈夫」

はっきりそう言い切ると、八郎太郎は長い体をうねらせながら庭に降りる。そして。

「ならば、早速行こう」

ふいに、昼間と同じように着物の後ろ襟を咥えられそうになり、芽衣は慌てて一歩下がった。

「あ、あの、ちょっと待ってください！　天さんも一緒にいいですか……？」

「天とは、狐か」

「はい。私も天さんが一緒じゃないと心細いので」

そう言うと、八郎太郎は目を見開き、ぴたりと動きを止める。

「……ヒトでありながらこのような場所で暮らし、数々の神と関わっているお前でも、心細いことがあるのか」

「そりゃありますよ。というか、そもそも私は天さんが傍にいなきゃ、あんな強気なこと言えないんです」

苦笑いを浮かべる芽衣に、八郎太郎はしばらくポカンとした後、ふとなにかを察したように目を細めた。

「……なるほど」

「え……？」

「ならば、ここで待っている」

「はい！　呼んでくるので少し待っててくださいね。そうだ、喉が渇いたらそこの水路の水を飲んでてください！」

芽衣はそう言うと、早速踵を返し、厨房へ向かって駆け出した——瞬間。いきなりなにかにぶつかり、額に痛みが走った。

「いっ……」

混乱しながらも、ふわりと漂う甘い香りに心が勝手に反応する。

見上げると、天が芽衣を抱き止め、呆れた表情を浮かべていた。

「おい……、猪《いのしし》でも前くらい見るぞ」

「す、すみません……！」

「竜の気配がすると思って出てきたが、……どうやらさっきのお前の言葉が思った以上に効いたらしいな」

天は水路の水を飲む八郎太郎にちらりと視線を向ける。そして。

「これから天照大御神のところへ行くつもりなら、さっさと出るぞ。またあいつが迷いはじめたら面倒臭い」

不満げな表情を浮かべてはいるけれど、どうやら同行してくれるつもりらしい。

芽衣はほっとして、八郎太郎の元に駆け寄った。

「八郎太郎さん、準備できました！　行きましょう！」

すると、八郎太郎は水路から首を持ち上げる。

「すまない、……苦労をかける」

「お供するって言ったのは私ですから。では、ひとまず宇治橋の前で待ち合わせしましょう」

八郎太郎は頷くと、ふわりと体を浮かせた。

天も狐の姿に変わり、芽衣が背中に掴まると同時に、森の中へと足を踏み出した。

もう何度も経験しているけれど、この柔らかい毛に包まれた途端、芽衣は譬えようのない安心感を覚える。

八郎太郎の不安定な背中に乗っての移動も、今思えばアトラクション的な面白さはあったけれど、それも無事だったからこそ言えることだ。

思わず手にぎゅっと力が籠り、チラリと天の視線を感じる。

芽衣はそれに気付かぬふりをし、背中に顔を埋めた。

宇治橋の前に着くと、そこにはすでに八郎太郎の姿があった。芽衣たちの到着に気付かず、立派な鳥居をぼんやりと見上げている。

月明かりの下、鳥居に宇治橋に竜という組み合わせはもはや一幅《いっぷく》の絵のようで、息を呑む程に美しい光景だった。

呼吸を忘れる程に見惚れていた芽衣は、天に背中を押されてようやく我に返る。

「……おい」

「あっ……、すみません、あまりにも綺麗《きれい》だから、つい……」

「……いい度胸だな」

「え?」

ポカンとする芽衣を他所に、天はそれ以上なにも言わず、早速八郎太郎の元へ向かった。

すると、芽衣たちの気配に気付いた八郎太郎が、少し不安げな表情を浮かべる。

「……芽衣よ」

「は、はい……」

「もし……、私が宇治橋鎮守神によって消し飛ばされたときには……、私の帰りを待つ辰子の元へ行き、『八郎太郎は伊勢を気に入ってもう帰らぬ』と伝えてもらえないだろうか」

八郎太郎は、いたって真剣だった。

けれど、芽衣はそれをあえて軽く笑い飛ばす。

「……思い詰めた顔でそんなこと言わないでくださいよ……。いやですよ、そんな役回り。それに、絶対に大丈夫だっていう確信がなきゃ、お供しますなんて言いませんから」

「しかし……」

「大丈夫ですってば！　だいたい、そんなこと伝えに行ったら私が浮気相手だと思われちゃう」

「そんなことは……」

「あるんです！　女性の嫉妬《しっと》は食べ物の恨みどころの騒ぎじゃないですから。……とにかく、ちゃんと辰子さんのところに帰ることだけ考えてください」

本音を言えば、芽衣は八郎太郎が無事だという絶対的な自信を持っているわけではなかった。

罪を犯したことで竜の姿に変えられたことは事実であり、現に、今もなお渇きに苦しんでいる。

ただ、天照大御神と宇治橋鎮守神の慈悲深さをよく知っている芽衣は、だからといって有無を言わさず消してしまったりしないはずだと信じていた。

そもそも、八郎太郎が救われるためには、これを試す以外に方法はない。

芽衣は不安を悟られないよう気丈に足を踏み出し、鳥居を潜って八郎太郎に手招きした。

「さあ、行きましょう」

すると、八郎太郎はようやく足を踏み出す。

ひとまずほっとしていると、天が芽衣の横に並び、ふいに芽衣の頭を雑にかき回した。

「ちょっ……、天さん……？」

「なるほど。〝強気なこと〟か」

「え……？」

ポカンとする芽衣を他所に、天は芽衣の手を取って先へと進む。

ふと思い出すのは、ついさっき芽衣が八郎太郎に言った、天がいなければ強気なことを言えないという言葉。

どうやら、天にも聞かれていたらしいと芽衣は察した。おまけに、八郎太郎に対する態度がすべてハッタリだということも、おそらく見抜かれている。

「す、すみません……」

居たたまれない気持ちでこっそり謝ると、天は意外にも穏やかに笑った。

「お前の空威張《からいば》りはわかりやすすが、案外嫌いじゃない」

「……」

予想外の反応は、心臓に悪い。

芽衣はそんな場合じゃないと自分に言い聞かせながら、宇治橋を進んだ。

しかし、間もなく中間地点に差し掛かる頃、突如、月明かりが雲に隠れる。

見上げると、さっきまで晴れていた空は分厚い雲に覆われていて、不穏な空気が漂っていた。

「芽衣よ、雷雲が……」

それは、八十神が雷に打たれたときの状況とよく似ていた。

「大丈夫です……、きっと、竜の来訪が珍しいから、警戒してるだけだと……」

なんとか気丈に答えたものの、鼓動はみるみる速くなっていく。そして。

「……そろそろ半分を過ぎるな」

天がそう口にした瞬間、突如、八郎太郎が足を止めた。

あまりに不穏な空気に怖気《おじけ》付いてしまったのだろうかと、芽衣は不安を覚える。

――しかし。

「芽衣、天、……もう少し離れて歩いてくれ。……万が一、二人を巻き込んでしまえば、私は死んでも死にきれぬ」

八郎太郎が口にしたのは、芽衣の予想とはむしろ真逆の言葉だった。

途端に心がぎゅっと締め付けられ、芽衣はなかば衝動的に、八郎太郎の横にぴったりと寄り添う。

「何度も言わせないでください……。お供するって言ったじゃないですか」

平静を保とうとしても、声の震えは抑えられなかった。

八郎太郎は明らかに戸惑っていたけれど、芽衣に離れる気がないことを察し、渋々足を踏み出す。

「芽衣よ」

「はい」

「……もし、無事だったときは、……友になってくれるか」

こんな状況だというのに、その言葉は胸に込み上げるものがあった。

不思議と肝が据わった心地がして、芽衣は八郎太郎を見上げる。

「……恐れ多いですよ。無事だったなら、あなたは正真正銘、神様ですから」

そのとき、初めて八郎太郎が笑った。——瞬間、雲の切れ間から一筋の月明かりが差し、芽衣たちを照らす。

同時に、重く立ち込めていた不穏な空気が嘘《うそ》のように晴れた。

突然の変化に驚きながらも、芽衣たちは足を止めることなく、言葉すら交わさずにまっすぐに進む。

そして、ついに橋を渡り切ったとき、芽衣の緊張は一気に緩み、その場にぺたんと座り込んだ。

「……わ、渡れた……、よかった……」

八郎太郎も長い溜め息をつき、芽衣に鼻先を寄せる。

「一度は肝を冷やしたが、なんとかなったようだ……。芽衣、お前がいなければ、引き返していたかもしれぬ。……ありがとう」

「私はなにもしてませんよ……。っていうか、まだ橋を渡れたってだけで、本番はこれからですからね……？」

「その通りだな。……だが、なぜだか上手くいく気がする」

八郎太郎は、これまでになく前向きだった。

「じゃあ、早速正宮《しょうぐう》へ行きましょう！」

芽衣は立ち上がり、正宮へ向かって足を踏み出す。――すると。

突如ふわりと不自然な風が吹き、芽衣たちの前に二人の巫女《みこ》が姿を現した。

「あれ……？　天照大御神様の……」

「お迎えに上がりました」

「こんなところまで……？」

「お急ぎのご様子でしたので」

いつも巫女たちが迎えに来てくれるのは、正殿《せいでん》を囲う四重の垣の一番外側、板垣《いたがき》南御門《みなみごもん》の前だが、今はまだ宇治橋を渡ったばかりで正宮からずいぶん離れている。

今日はいつもと違って突然押しかけているし、おまけに珍しい同行者を連れているせいで、不審に思われたのかもしれないと芽衣は不安になった。

「急に来ちゃってすみません……」

咄嗟に謝ると、巫女は美しい表情を崩さず、ゆっくりと首を横に振る。

「いいえ。芽衣様の功は大きく、できる限り優先するようにと天照大御神様からの申し付けですから」

「そ、そんな……、恐縮です……」

確かに、芽衣はたびたび天照大御神からの頼みを聞き入れ、各地の神々の元へ赴き困りごとを解決している。

巫女の言う功とは、おそらくそのことだろう。

しかし、それはむしろ自分の指先の傷を治す目的で請けていることであり、感謝されるのは少し複雑だった。

「芽衣、……お前はいったい何者なのだ」

八郎太郎から耳打ちされ、芽衣は苦笑いを浮かべて誤魔化す。

「後でゆっくり説明しますね」

そう答えた瞬間、いつものように視界が真っ白になった。


視界が開けたとき、芽衣たちはもうすっかり見慣れた板間にいた。

正面の奥にかけられた簾《すだれ》の向こう側が、天照大御神が鎮座する場所。

見慣れているとはいっても、他では経験し得ないこの独特な空気には、何度来たところでいつも緊張してしまう。

「芽衣」

透き通るような声で名を呼ばれ、芽衣は姿勢を正した。

「はい。……突然来てしまってすみません。あの……、今日は聞いていただきたいお願いがありまして……」

そう言うと、横で少し狭苦しそうに姿勢を低くしている八郎太郎から、強い緊張が伝わる。

元はヒトであり、ただでさえ気弱な八郎太郎が固まってしまうのは無理もなく、芽衣は少し心配になった。

「願いごととは、どういった内容でしょうか。私に叶えられることかわかりませんが、お話しいただけますか」

「はい。ただ、お願いがあるのは私じゃなくて……」

ふたたび八郎太郎を見ると、八郎太郎は緊張からか全身にじわりと汗をかき、とても喋《しゃべ》れる状態には見えなかった。

しかし、ここで伝えなければ勇気を出して宇治橋を渡った意味がないと、芽衣は祈る気持ちで八郎太郎の震える前脚にそっと触れる。

「願いがあるのは、そこにいる竜ですか」

「は、はい。そうなんですけど……」

「その竜からは、少々奇妙なまじないの気配がしますが……、いったい何者でしょうか」

「えっと……」

いまだに緊張が解ける気配のない八郎太郎に、芽衣の焦りはどんどん膨らんでいた。

芽衣は八郎太郎に触れる手にぎゅっと力を込める。そして。

「私の、……友人です。助けになりたくて、ここまで一緒に来ました」

その瞬間、ふいに、八郎太郎の震えが止まった。

見上げると、さっきまで視点が合っていなかった目に、小さな光が宿っている。

きっかけはおそらく、友人と口にした芽衣の言葉。

そんなことで落ち着くなんてと思ったけれど、頼る者がいない場所へ、大きな決意を持ってたった一人で出向いてきた八郎太郎の心許なさを想像すると、仲間ができることがどれだけ力になるか、芽衣にはわかる気がした。

現に、たった一人でこの世に迷い込んできた芽衣にとっては、通じるものが多くある。

八郎太郎は芽衣に一度頷いてみせ、それから正面をまっすぐに見つめた。

「……私の妻である辰子が、過去に犯した罪の報いで渇きの発作に苦しんでいる。どうすれば罪を償い、苦しみから解放させてやれるだろうか。……私は辰子のためならば、なんでもする。……命を差し出せと言われるならば、そうする。どうか、教えてほしい」

八郎太郎は、自分も苦しんでいることには触れず、ただ辰子のことを懇願した。

宇治橋を渡るときはあんなに怯《おび》えていたというのに、命を差し出すと口にした八郎太郎の声からは、一切の迷いが感じられない。

芽衣は固唾《かたず》を呑んで反応を待つ。——すると。

「……八郎太郎。辰子さんを苦しめている渇きは、過去に犯した罪のせいではありません」

天照大御神が口にした言葉に、芽衣は思わず目を見開いた。

「罪のせいではない、とは……」

八郎太郎もまた、酷く混乱しているようだった。

竜に姿を変えてからというもの、長い年月ずっとそう信じてきたのだから、それは無理もない。

すると、天照大御神はさらに言葉を続けた。

「竜に姿を変えた理由は、確かに犯した罪のせいでしょう。……しかし、償いはとうに終わっています。今もまだ苦しんでいる理由は、辰子さんが罪の意識に縛《しば》られているせいです」

「そんな、ことが……」

「幸せを感じれば感じる程に、不安を覚えるものです。辰子さんは、罪深い自分が幸せを感じてよいのだろうかと、常に後ろめたさを感じていらっしゃったのかもしれません。——それは、あなたもまた、同じです」

当然といえば当然だが、天照大御神は、八郎太郎自身もまた辰子と同じ症状に苦しんでいることを見抜いていたらしい。

呆然とする八郎太郎に、天照大御神はかすかに笑い声を零す。

「あなたから感じるまじないが奇妙に感じられたのは、おそらく、あなたが自らかけたものだからです。……その苦しみは、自身の力で解放できるのですよ」

「私が、自分で……？　し、しかし、どうやって……。とてもそんなことができるとは思えぬ……」

「……そうですか。長年で固まりきった意識を変えることは、そう簡単ではないのかもしれませんね。しかし、確かに赦されたと感じられるようなきっかけがあれば、おそらく——」

天照大御神が言葉を止めた瞬間、突如、簾の奥がかすかに光った。

それはみるみる強さを増し、簾の隙間から零れて芽衣たちを照らす。

やがて、目を開けていられないくらいに眩《まぶ》しくなり、芽衣は目眩《めまい》を覚え、手で顔を覆った。

パニックに陥りかけたところで天に背中を支えられ、芽衣はかろうじて平常心を保つ。

そして、おそらく混乱しているであろう八郎太郎の体に、手探りでそっと触れた――

――瞬間、芽衣はふと違和感を覚える。

指先に触れたのはさっきまでの硬い鱗ではなく、明らかにヒトの肌の感触だった。

もしかしてヒトの姿に戻ったのではと思ったけれど、確認しようにも眩しくて目が開けられない。

やがて、徐々に光が弱まり、おそるおそる目を開けたものの、横にいたのはさっきと同じ、竜の姿の八郎太郎だった。

「あれ……？　今……」

芽衣は戸惑いながら、八郎太郎を見上げる。

すると、八郎太郎もまた混乱が収まらない様子で、呆然と自分の姿を見つめていた。

「今、懐かしい姿に戻ったような気がしたが……」

どうやら、芽衣と同じことを考えていたらしい。すると、そのとき。

「八郎太郎。あなたは、戻ろうと思えばヒトの姿に戻れるようですよ。……ただ、もはや竜としての日々の方が長いのでしょうから、魂はその竜の姿にすっかり馴染んでいるようです。どうやら自覚はないようですが、あなたが自らその姿を選んでいるのではないかと」

　天照大御神が、穏やかな声でそう説いた。

「私が、自らこの姿を……？」

「ええ、おそらく。……それよりも、渇きの方はいかがですか」

「渇き……？」

　その瞬間、八郎太郎が目を見開く。――そして。

「……驚いた。すっかり消えている……。強い光に包まれた瞬間から、体も妙に軽い……」

　八郎太郎は信じられないといった様子で、簾の奥に視線を向けた。

　確かにその表情は晴れやかで、やおよろずの前でぐったりしていたときの痛々しさは綺麗に払拭《ふっしょく》されている。

「先程伝えた通り、あなたを苦しめているのはあなた自身ですから、光はキッカケに過ぎません。……光を放ったのは、私の魂とも言える八咫鏡《やたのかがみ》です。この光を受ければ、偽りの咎《とが》はすべて剥《は》がれ落ちます」

「なんということだ……、あの強い渇きが、ほんの一瞬で……」

　つまり、八咫鏡に照らされたことで、八郎太郎は自分自身にかけていた催眠から解き放たれたらしい。

当初の予想とはまったく違っていたけれど、顔に血色の戻った八郎太郎を見て、芽衣はほっとした。

しかし、八郎太郎の症状が解決しても、問題はまだ終わったわけではない。

「……ならば、辰子も私と同じように、自分自身にまじないをかけているということか……」

八郎太郎が酷い渇きに耐えながらも伊勢までやってきた理由は、辰子を救うために他ならない。

すると、天照大御神がふたたび口を開いた。

「ええ。どんなに強いまじないと化していたとしても、あなたと同じく、きっかけを得て罪の意識を払拭できれば解放されます。……すぐにお連れなさい。この八咫鏡で照らして差しあげます」

天照大御神がはっきりとそう口にしたとき、芽衣は、八郎太郎の苦労が報われたことを自分のことのように嬉しく思った。

しかし、八郎太郎の表情は意外にも曇っていて、芽衣は首をかしげる。

「八郎太郎さん……？」

心配になって名を呼ぶと、八郎太郎は苦しげに俯いた。

「……辰子は、私よりも重い渇きに苦しんでいる。おそらく、ほんの四半刻であっても田沢湖から離れることはできぬだろう」

「え……、たった四半刻も……」

それは、致命的な事実だった。

八郎太郎ですら伊勢に着いた時点で瀕死《ひんし》だったというのに、さらに症状が重いのならば伊勢には到底辿り着けないだろう。

もちろん、天照大御神が田沢湖に赴くという選択肢はない。

天照大御神の元には日々大勢の神様たちが訪ねてくるし、それができるのならば、そもそも芽衣を各地の神様の元へ向かわせる理由がないからだ。そして。

「しかし……、この八咫鏡を正殿より外に持ち出すことはできません。三種の神器のひとつであり、とても大切なものなのです」

それは、どうすることもできない事実だった。

そうなると、辰子がここへ来る方がまだ現実的に思えるが、無理をさせて力尽きてしまえば元も子もない。

そもそも、田沢湖から天照大御神の元へ四半刻もかからず移動するなんて、足の速い天ですらおそらく不可能だ。

　まさかの現実に、芽衣は頭を抱える。

「なにか方法はないでしょうか……、たくさんの水ごと運ぶとか……」

「……辰子の渇きは凄まじい。日本で最も深いと言われる田沢湖の水位が、日々目で見てわかる程に下がっている。どれだけの量の水を運んだところで、瞬時になくなってしまうだろう」

「だったら、湖や川を渡り歩きながら少しずつ移動するとか……」

「それは私も考えた。しかし、どの湖や川にも主が存在し、折り合いがつかねば立ち入ることすら許されぬ。……その時点ですべて終わりだ」

「そんな……」

　良い方法は浮かばず、場がしんと静まり返った。

　すると、しばらく黙っていた天が、ふいに溜め息をつく。

「……一旦戻り、因幡に相談するのも手だ。あれは悪知恵がきくし、現に数々の危機を乗り越えてきている。ここで俺らが悩むよりは、現実的な方法を思い浮かぶかもしれない」

　確かにそれは名案だった。

ただ、因幡はすでに優柔不断な八郎太郎に愛想を尽かしている。

それに、ここ数年でずいぶん丸くなったとはいえ、そもそも人助けをするような質《たち》ではない。

「因幡、協力してくれるかな……」

「さあな。ただ、これ以上ここで考えたところでなにも浮かばないだろう」

「……そうですよね」

芽衣は渋々頷く。

もどかしいけれど、忙しい天照大御神にこれ以上付き合わせるのもさすがに心苦しかった。

しかし、そのとき。

「――知恵といえば……、とても頭の切れる神がいます」

天照大御神の思わぬ呟きに、三人同時に視線を向ける。

「頭の切れる神様、ですか……?」

「ええ。名を思金神《おもいかねのかみ》といい……、かつて私が天岩戸《あまのいわと》に身を隠したときに、私を連れ出すための一連の策を練った神です」

それは岩戸隠れという、天照大御神が弟神である素戔男尊《すさのおのみこと》の乱暴な行いを嘆いて天岩戸に隠れた有名な言い伝えだ。

神の世に迷い込んでからというもの、その話は何度も耳にしているし、天岩戸をこじ開ける役目を担った天手力男《あまのたぢからお》とは以前に出会っている。

「……それは頼りになりそうだな」

いつも疑り深い天があっさり納得し、芽衣の期待はたちまち膨らんだ。

「そのオモイカネ様は、どちらにいらっしゃるんですか……？　会いに行っても大丈夫ですか……？　ってか、私たちに協力していただけるのでしょうか……？」

前のめりに質問を重ねる芽衣に、天照大御神がふいに笑い声を零す。

「……す、すみません、焦ってしまって……」

謝ると、天照大御神は楽しげに口を開いた。

「いいえ、芽衣らしいと思いまして。……オモイカネは、武蔵《むさし》の秩父《ちちぶ》神社へ行けば会えるでしょう。使いを出し、芽衣が訪ねることを伝えておきます」

「ありがとうございます！　秩父っていえば、前に行った氷川《ひかわ》神社の近くですね」

芽衣ははやる気持ちを抑えられず、早速立ち上がる。

するど、天もその後に続いた。

「では、早速行ってきます！」

「お気をつけて。……ただ、芽衣。……あなたはご自分のことにも気を配ってくださいね」

「自分のこと、ですか……？」

「ええ。……他人に力を尽くす芽衣の人柄は、大変素晴らしいと思います。……ですが、芽衣。あなたの状況が決して思わしくないことを、どうか忘れないように」

ふいに指先の傷が疼いた気がした。

確かに、芽衣は今、急いでなんとかしなければならない重要な問題を抱えている。

――けれど。

「ありがとうございます。……でも、私は同時に二つのことを考えられないので、まずは八郎太郎さんのことに集中します」

ようやく希望が見えた今、芽衣には自分のことを考える余裕なんてなかった。やがて、視界が徐々に白くなっていく。

気付くと、芽衣たちは正宮の外にいた。

八郎太郎は少しぼんやりしていて、芽衣がそっと触れると瞳を大きく揺らす。

「大丈夫ですか……？」

「すまぬ。……思うことがあまりに多く、少し混乱していた。……なにより、これまで自らかけたまじないに苦しんでいたのかと思うと、なんともやりきれぬ」

確かに、天照大御神からそう聞いたときは芽衣も驚いた。ただ、同時に、一つ察したことがあった。

「だけど私、八郎太郎さんはやっぱりすごく真面目なんだなって思いましたよ。過去に一度だけ犯した罪を今も悔いて、自責の念で死にそうになるまで自分を追い詰めるなんて。私なら、そこまでできないですもん」

八郎太郎はすっかり呆れているが、それは心からの本音だった。

「ってことは、八郎太郎さんと辰子さんは似た者同士だったってことですね。……お似合いだと思います。……早く助けてあげましょう」

続けてそう言うと、八郎太郎は目を細めて笑う。

「……そうだな。早く、楽にしてやりたい」

そして、三人は内宮を後にした。


秩父神社へ着いたのは、ちょうど日をまたいだ頃。

それは広い敷地を持つ立派な神社で、天照大御神が伝えてくれていたこともあってか、大鳥居を抜けるとすぐに使いの巫女が芽衣たちを迎えてくれた。

「オモイカネ様はご本殿でお待ちです。ご案内します」

「よろしくお願いします……」

頭を下げると、巫女は無表情のまま、本殿の方へくるりと向きを変える。

神社に仕える巫女はほとんどが狐の化身で、中には天照大御神に仕えるような隙《すき》のない者もいれば、どこか頼りない可愛らしい者もいるが、秩父神社に関しては完全に前者だった。

とても上品に、そしてゆっくりと歩きながら、大鳥居の奥の神門を抜けると、ふいに立ち止まって芽衣たちの方を振り返る。

「境内には摂社《せっしゃ》・末社《まっしゃ》がございまして、あちらは諏訪《すわ》神社です。建御名方神《たけみなかたのかみ》と八坂刀売神《やさかとめのかみ》をお祭りしています」

「あ……、私、前に御本社へ伺いましたよ。お二人にはすごく良くしていただきました」

タケミナカタとヤサカトメといえば、忘れもしない、蝦蟇《がま》の呪いにかけられた芽衣を助けてくれた夫婦の神だ。

派手な夫婦喧嘩は数々の伝説を残し、芽衣もずいぶんハラハラしたが、今になって思えばなんだか微笑ましい。

思わず懐かしんでいると、巫女は満足そうにこくりと頷いた。

「そうでしたか。ヒトが訪ねてくると聞いておりましたが、やはり唯のヒトとは違うのですね」

「いえ、そんなことは……」

「……では、続けます」

「え？」

「あちらは日御碕宮《ひのみさき》。御祭神は素戔男尊様です」

「あ、ありがとうございます。あの……」

「そして、あちらは――」

巫女の説明は、止まらなかった。

どの巫女もそうであるように、自分が仕える神様や、神社そのものに誇りを持っているのだろう。

普段ならばとてもありがたいことだが、今日に関しては少しもどかしく、芽衣は止めるタイミングを窺《うかが》う。すると。

「……すまぬ。少し急いでいるのだ」

八郎太郎がそう口にした。

見れば、八郎太郎の鱗はすっかり乾いていて、なんだか痛々しい。喉の渇きから解放されたとはいえ、本来水に棲む竜が地上で活動するには限界があるのだろう。

するると、巫女は顔色を変えずに小さく頷き、ようやく本殿へと足を進めた。

「失礼いたしました。お客様にはオモイカネ様にお会いいただく前に一刻程お時間をいただき、境内をご案内差し上げるようにしておりますが、続きは次の機会にいたします」

一刻と口にした瞬間、天の顔があからさまに引きつる。

芽衣は苦笑いを浮かべ、早めに止めてくれた八郎太郎に密かに感謝した。

「八郎太郎さん、辛そうですけど大丈夫ですか……？」

「ああ。……心配いらぬ」

八郎太郎はそう言うが、呼吸はかなり荒い。

すると、天が小さく溜め息をついた。

「……その姿は明らかに地上に向かない。……天照大御神の話通りなら、ヒトの姿に戻ることもできるはずだろう」

確かに、天の言う通りだった。ヒトなら水は竜ほどは必要ないし、今よりも確実に身動きが取りやすいはずだ。

しかし、八郎太郎は首を横に振った。

「そうはいっても、自分の意思ではどうにもならないのだ。それに、あまりに長い年月この姿でいたせいか、ヒトの体の扱い方もわからぬ」

「……面倒な奴だな」

「すまない。……しかし、喉の渇きよりはずっとマシだ」

マシと言われても、芽衣の不安は拭えなかった。

とにかく早くオモイカネに会い、知恵を授からなければと、焦りがどんどん込み上げてくる。

すると、巫女はようやく本殿の前で足を止めた。

「オモイカネ様。……お客様です」

たちまち辺りが荘厳な空気に包まれる。

そして、本殿の奥がぼんやりと光り、美しい着物を纏った男神が現れた。

手に笏《しゃく》を持ち、後ろに長い纓《えい》が垂れる冠を被ったその姿はとても上品で、まるで雛《ひな》人形の男雛のようだった。

これまで数々出会ってきた武神たちとはまったく違い、いかにも文官といった雰囲気を醸し出している。

芽衣はその秀麗な姿に思わず見惚れてしまった。

「あなたがオモイカネ様……」

「いかにも。……知恵がほしいというのは、そこの竜かな」

オモイカネの声は、見るからに高貴な風貌《ふうぼう》を良い意味で裏切り、とても優しく響き渡る。

芽衣と同じく言葉を失っていた八郎太郎は、途端に我に返り頷いた。

「……妻の辰子が、過去に犯した罪によって喉の渇きが取れぬまじないにかかり、酷く苦しんでいる。私も同じまじないにかかっていたが、それが自責の念によって自らかけたものだと知り、天照大御神の八咫鏡の光によって解放された。……しかし、辰子は重症で、天照大御神に会わせようにも伊勢神宮まで持たぬ。……どうか、辰子を救うための知恵を授けてもらえぬだろうか」

辰子の安否がかかっているのだから無理もないが、八郎太郎の表情は酷く緊張していた。

オモイカネは黙って考え込み、芽衣は固唾を呑んでそれを見守る。

沈黙が、やけに長く感じられた。――しかし。

「……簡単なことだ」

オモイカネはあっさりとそう言い放ち、笑みを浮かべた。

「か、簡単……？」

思わぬ言葉に、芽衣は目を見開く。

するとオモイカネは頷き、続きを口にした。

「天照大御神からすでに聞いているだろう。自らかけたまじないならば、普通はその事実に気付きさえすれば済む話だ。お前たちのように自責の念が深過ぎる場合はそう簡単にいかぬが、それこそ、八咫鏡のように、本物の罪人には決して降り注がぬ圧倒的な輝きに照らされれば嫌でも解放される。……ただし、まじない自体がまやかしならば、八咫鏡も本物である必要はない」

「偽物でも辰子を解放できるということか……。しかし、あれ程の輝きを放つものなど、私は他に知らぬ……」

芽衣も、八郎太郎と同じことを考えていた。

実際に八咫鏡の輝きを目にしたからこそ、あれがどれだけ特別なものか、身をもって実感している。

すると、オモイカネは首を横に振った。

「偽物ではなく、八咫鏡には形代《かたしろ》という、いわゆる複製が存在する。複製とはいえ、八咫鏡を生み出した伊斯許理度売命《いしこりどめのみこと》が同じようにして作ったものであり、本物とそう変わらぬ。それならば、借りて持ち出すこともできるだろう」

つまり、本物の八咫鏡と形代は、製作者も製造方法も同じらしい。

ふいに、八郎太郎の目に光が宿った。

「八咫鏡と同じ光を放つということか……」

「厳密に比べたならば、多少は劣るかもしれぬ。だが、本物の八咫鏡の輝きは、初めて目にした天照大御神が、自分と同じ太陽神が現れたと勘違いをした程だ。それよりも多少劣ったところで、我々にすらもわからぬ微々たる差だろう」

「……確かに、あの輝きは神と見紛《みまご》うばかりだった」

「そうなるべく、私が作らせたのだから当然だ。そもそもは、天岩戸に隠れた天照大御神の興味を引くための鏡なのだから」

八咫鏡を作る指示をしたのがオモイカネだと知り、芽衣は驚く。つまり、八咫鏡を作ったこと自体も、天岩戸に隠れた天照大御神を連れ出すために練った、策の一環だったのだろう。

芽衣は岩戸隠れの話を何度も耳にしてきたけれど、今さらながら、それが想像を絶する大事件だったのだと実感した。

「ともかく、イシコリドメの元へ行き、八咫鏡の形代を借り、まじないに苦しむ竜にその輝きを浴びせ、天照大御神から赦しを得たのだと伝えればよい。……どうだ、簡単なことだろう」

オモイカネの言葉に、八郎太郎は力強く頷く。

「ならば、今すぐにイシコリドメを訪ねたい。……今どこにおられるのだ」

「大和《やまと》の鏡作《かがみつくり》坐《にます》天照《あまてる》御魂《みたま》神社だ。職人肌で少々偏屈だが、訪ねる気ならば私から使いを出しておこう」

「なんと、ありがたい……！」

八郎太郎が深く頭を下げると、オモイカネはなんでもないことのように笑った。そして、ふと芽衣に視線を向ける。

「……ところで、天照大御神の御用聞きをしているヒトとは、お前のことかい？」

突然のことに、芽衣は思わず動揺した。

「は、はい。芽衣といいます」

頷くと、オモイカネは意味深に笑う。

「方々から噂を聞き、一目会ってみたいと思っていたのだ。……そういえば、これから訪ねるイシコリドメも、お前にずいぶん興味を持っていたな」

「私にですか……？」

「さぞ面白がるだろう」

「あの……」

なんだか含みのある言い方に、得体の知れない不安が過った。

そのとき、ふいに天が芽衣の手首を引く。

「……行くぞ」

おそらく、天もなにかを感じ取ったのだろう。芽衣は頷き、オモイカネに頭を下げる。

「……オモイカネ様、行って参ります。ありがとうございました……！」

「ああ、上手くやるといい」

そして、芽衣たちはオモイカネに別れを告げた。

大鳥居を潜って境内を出た瞬間、一気に緊張が解けた芽衣はその場に座り込んだ。

「芽衣、付き合わせてすまぬ。……大丈夫か？」

「大丈夫です、……すみません、オモイカネ様からは、なんだか全部見透かされてるような感じがして、緊張しました。……っていうか、八郎太郎さんこそ……」

見れば、八郎太郎の方がずっと辛そうだった。

体の乾きも、さらに悪化している。

「私は大丈夫だ」

「無理しちゃ駄目ですよ……！　一旦、どこかの湖に寄りましょう！　天さん、この辺りに湖は……」

「いくらでもある」

「じゃあ……」

「いや、構わぬ。先を急ごう」

「八郎太郎さん……！」

「……辰子が心配なのだ。……今どうしているか、不安でたまらぬ。下手に湖に寄り、主と揉《も》めでもすれば無駄な時間を食うことになる」

八郎太郎の口調は頑《かたく》なだった。

芽衣にはよくわからないが、どうやら湖の主同士の間では、それは深刻な問題らしい。

実際、八郎太郎は田沢湖から一度も湖に寄ることなく、伊勢までやってきたと話していた。

おそらく、主同士の争いは想像以上によく起こっていて、湖の主には自分の棲家《すみか》を守る意識が強いのだろうと芽衣は思う、

「だけど、八郎太郎さんにもしものことがあったら、辰子さんが悲しみますから……」

「そのときは、どうか鏡だけは届けてもらえないだろうか」

「もしものことが起こる前提で話を進めないでください……。八郎太郎さんも無事じゃなきゃ駄目です」

「私は、辰子が解放されればそれでよい」

「辰子さんは、自分のせいだって苦しみますよ……？」

「そんな咎などいずれ忘れる」

「咎を忘れられない人だからこそ、今も苦しんでるんじゃないですか……」

「私のことなど、瑣末《さまつ》なことだ」

「自分勝手……！」

つい大声を出してしまい、八郎太郎が目を見開いた。

同時に、天が小さく笑い声を零す。

「……いつ爆発するかと思っていたが、案外持った方だな」

あまりに可笑しそうに笑うせいで、芽衣は途端に我に返った。しかし、それでも憤りは収まらず、芽衣は八郎太郎を睨《にら》みつける。

「自分はどうなってもいいなんて、最悪な考え方です……。そんなこと、辰子さんが望んでると思います……？」

「……しかし」

「そんなの、辰子さんを思ってることにはなりませんよ。ただの自己満足です。私は、そんな結末のために協力しているわけじゃないです。むしろ、死んでもいいなんて言ってる人に協力なんかしたくない」

「芽衣……」

「……覚悟を決めてください。これからやろうとしていることは、これからも二人で一緒に過ごすためだって。そうじゃなきゃ、私はここから一歩も動きません！」

「……」

困惑する八郎太郎を見ながら、芽衣は、明らかに言い過ぎだと自覚していた。

けれど、もはや後には引けず、不安を覚えながらも八郎太郎の返事を待つ。——すると。

「八郎太郎、観念した方がいいぞ。こいつは一度言いだすと、なにを言っても絶対にきかない」

天が楽しげな声でそう言った。

すると、八郎太郎は戸惑いながらも小さく頷く。

「……芽衣、すまぬ。……私は考えを改める。お前たちの協力なくしては、ここまで来ることすら叶わなかった。必ず辰子の元に無事に戻ると約束するから、どうか協力してくれ」

「……本当ですか……？」

「ああ、誓う」

「わかりました。じゃあ……」

「――なら、今すぐ帰れ。お前には、今から大和に行って帰る程の余力がない」

芽衣が言い終えないうちに、突如割って入ったのは、天。

天はさっきまでの笑みを消し、まるで追い払うかのように手を払った。

「な……」

「無事に帰る気なら、もはや限界だ。早く戻って辰子と共に俺らの到着を待っていろ」

「さすがにそんなことはできぬ……！」

「なにも三人で行く必要はないだろ。むしろ、お前がいなければ、芽衣がお前の心配をする心労が減る。合理的に考えてくれ」

「……」

合理的と言えばその通りだが、さすがに八郎太郎も簡単には納得できない様子だった。

するると、突如天がいつになく強引な仕草で、芽衣の腰を抱き寄せる。――そして。

「いい加減察してくれ。邪魔だ」

さらりとそう言い放った。

その発言に一番驚いたのは、他でもない芽衣だった。

おそるおそる見上げると、天は腰を抱く手にさらに力を込める。

普段の天ならまずあり得ない行動に、芽衣は、これは八郎太郎を早く帰らせるための演技だと気付いた――ものの。

芽衣には、天と調子を合わせる余裕なんてなかった。

八郎太郎はしばらく唖然とし、やがて頷く。

「す、すまなかった。……ならば、心苦しいがそうさせてもらう」

「心苦しいことはない。むしろ都合がいい」

「……芽衣。……田沢湖で待っている」

「は、……は、い」

なんとか返事を返すと、八郎太郎はふわりと宙に浮き、すぐに北へ向かって飛び去って行った。

後ろ姿が見えなくなると、天はようやく手の力を緩める。

「て、天さん……。ああいう嘘は心臓に悪いので、事前に言っといてください……」

芽衣は早速、苦情を言ったものの、天に悪びれる様子はなかった。

「そんな暇なんかなかっただろう。だいたい、嘘というわけでもない」

「……」

ふてぶてしい言い方に呆れながらも、密かに喜んでしまっている自分が憎い。芽衣は動揺を落ち着けようと、ゆっくりと深呼吸をする。すると、そのとき。

「それより、芽衣」

声色が変わり、なんだか嫌な予感を覚えた。

見上げると、天は芽衣の手を取り指先の傷口に触れる。

「……やっぱり広がってる」

「え……？」

ドクンと心臓が揺れた。

こわごわ指先を見ると、確かに傷口は少し開き、しかも周囲が黒く変色しはじめている。

「……いつの間に、こんな……」

明らかに、悪化していた。

これまで何度も天照大御神の使いとなり、各地の神様たちの手助けをすることで少しずつ元に戻りかけていたはずなのに、もはや傷ができた当初よりも酷い。

天は、ショックで固まってしまった芽衣の頭にそっと触れる。

「……そういえば、天照大御神が別れ際に、お前の状況が思わしくないと言っていたな」

確かにあの瞬間、芽衣の傷が疼いた。ただ、そのときの芽衣には、自分のことを考える余裕はなかった。

天は不安げに、芽衣の顔を覗き込む。

「……一度戻って、まずはお前のことを相談した方がいい」

「え……？」

それは、つまりこの計画の中断を意味していた。

芽衣は慌てて天から離れ、首を横に振る。

「駄目ですよ、そんなの……。八郎太郎さんを待たせてるんだから……」

「湖にさえ戻れば、あっちにはまだ余裕がある。……でも、お前はわからないだろ。天照大御神がわざわざ念押しするなんて、よほどのことだぞ。取り返しのつかないことになったらどうする」

「駄目です……。お二人に余裕があるかどうかだってわからないじゃないですか……。

湖だっていつ涸れるか心配ですし、それに、八郎太郎さんのことはもう方法がわかってるんだから、あとは急いで鏡を……」

「俺は、そのわずかな油断で後悔したくない」

天は芽衣の言葉を遮り、はっきりとそう言った。

芽衣だってもちろん自分のことは不安だし、真剣にそう言ってくれる天の気持ちを素直に嬉しいとも思う。

ただ、どうしても首を縦には振れなかった。

二人の間に緊迫した沈黙が流れる。そして。

「……私、少しだけ、自分と重ねてるんです。八郎太郎さんたちのことを」

芽衣が口にしたのは、八郎太郎がヒトだと知ったときから心の隅で疼いていた本音だった。

天の瞳がかすかに揺れる。

「少し、願掛けするような気持ちなのかもしれません。……ヒトでありながら竜に変わって、大変な苦労をして、だけど今は守りたいものがあって……。八郎太郎さんたちが幸せになってくれたら、私ももっと希望が持てる気がするんです。……でも、逆に二人になにかあったら……」

「芽衣……」

「……なにより、約束を反故《ほご》にはできません」

天は眉間《みけん》に皺《しわ》を寄せ、しばらく考え込んでいた。

天を困らせたいわけではないのに、いつもこうなってしまうことが苦しい。けれど、それでも、天の言葉を聞き入れることはできなかった。

やがて、辺りに重い溜め息が響く。

これは、天が折れたときの合図だ。ただ、今日に関しては、ほっとするよりも胸の痛みの方がずっと勝っていた。

「……八郎太郎に言った言葉が、早速自分に返ってくるとはな」

天の呟きで思い出すのは、ついさっき天が八郎太郎に言っていた「こいつは一度言いだすと、なにを言っても絶対にきかない」という言葉。

申し訳なくて、芽衣は思わず俯く。

すると、天は芽衣の頭にそっと手のひらを乗せた。

「わかった」

芽衣はゆっくりと顔を上げる。

「ただし、万が一のときはお前の要望は一切聞かない。……それだけは、覚えておいてくれ」

「天さん……」

「俺は善人じゃないし、お前を犠牲にしてまで救いたいものなんかない」

ぶっきらぼうに付け加えられた言葉から、深い思いが伝わってきた。

こんなに困らせているというのになんて優しいのだろうと、心の中には嬉しさと苦しさが同居している。

「わかりました」

「本当にわかってるんだろうな」

「とにかく急いで鏡作坐天照御魂神社に行って、八咫鏡の形代を貸してもらえるようイシコリドメ様に必死に交渉するってことですよね」

重い空気を振り払おうと、あえて能天気《のうてんき》な言葉を返した芽衣に、天は呆れた表情を浮かべた。――そして。

「……頭が単純な奴が心から羨《うらや》ましい」

皮肉を言いながら、天はふわりと狐に姿を変える。そして、芽衣たちは大和へと向かった。

大和とは、今で言う奈良にあたる。

天はこれまでにない程の勢いで山を駆け、埼玉から奈良という長距離を、驚くほどの速さで移動した。

鏡作坐天照御魂神社へ着くと、まず芽衣たちを迎えたのは、鮮やかな朱色の鳥居。

芽衣たちは早速鳥居を潜り、目線の先に見える本殿へ向かった。

参道には木々が茂り、まるで森の中にいるような清々《すがすが》しさを覚える。

やがて、玉垣が囲う本殿の前で、芽衣たちは立ち止まった。

辺りはしんと静まり返り、風の音しか聞こえない。

「巫女さんはいらっしゃらないのでしょうか……」

「そのようだな。ただ、オモイカネが使いを出すと言っていたから、俺らが訪ねることは耳に入っているはずだが」

どの神社にも狐の巫女がいるとは限らないが、最近は巫女に迎えられることが多かったせいか、少し心許ない。

すると、――突如、本殿の正面の一部が強い光を放った。

あまりの眩しさに目を閉じるけれど、それは瞼《まぶた》を通過する程に強く、芽衣は激しい目眩を覚える。

やがて、光が収まると同時に現れたのは、着物を襷《たすき》でたくし上げた、老年の女性だった。格好は巫女と変わらないくらい簡素だが、醸し出す雰囲気は妙に重々しく、芽衣は思わず息を呑む。すると。

「竜とヒトと狐が揃《そろ》って私に用があると聞いていたが、竜はどうした」

あたりに響き渡る、やけに迫力のある声。その言葉で、芽衣は、この女性こそイシコリドメだと確信した。

「あ、あの……、竜の八郎太郎さんは水が必要なので、先に田沢湖へ戻っていただきました……。私は芽衣といいます。こちらの天さんと、八郎太郎さんに協力していいます……」

イシコリドメは年配で小柄だが、放つ威圧感はもはや武神にも劣らず、芽衣はビクビクしながら名を名乗る。

すると、イシコリドメは芽衣をまじまじと見つめた。

「おや……？　お前はヒトというが……、奇妙な気配だね。もはやヒトでなくなりかけているように見える」

「え……？」

もっとも恐れていることをあまりに淡々と言われ、芽衣の頭は真っ白になる。しかし、イシコリドメは芽衣の動揺を気に留める様子もなく、さらに言葉を続けた。

「ヒトへの戻り方を忘れた竜を、ヒトでなくなりかけたヒトが手助けをしているとは。

……なんとややこしいことだ」

「あの……」

「それで、八咫鏡の形代を貸せという話だったか」

「は、はい……」

会話のペースは完全にイシコリドメに握られており、いまだ動揺が収まらない芽衣は、ただ頷くことしかできなかった。

すると、イシコリドメは着物の中から大きな鏡を取り出し、芽衣へぐいっと差し出す。

表面は布で覆われて光は漏れていないが、あまりにあっさりと差し出され、芽衣は逆に戸惑ってしまった。

「ありがとうございます……。お借りします」

しかし、受け取ろうとしてもイシコリドメはなかなか手を離さず、芽衣は首をかしげる。——すると。

「貸してやるのは別に構わぬ。ただ……、一応確認しておくが、お前はつまり、ヒトでなくなってもよいということか」

「え……？」

その意味を理解するには、しばらく時間が必要だった。

「どういう意味だ」

天が割って入ると、イシコリドメは意味深に笑う。

「そうでないならば、竜に協力している暇などなかろうに」

「……私には、もう時間がないってことですか……？」

咄嗟に質問を投げかけたものの、その答えを聞くのはあまりに怖ろしく、背筋に震えが走った。

すると、イシコリドメは芽衣の心境を見透かすかのように、さらに笑みを深める。

――そして。

「そういえばお前は、〝自分はどうなってもいいなんて、最悪な考え方〟だと言っていたね」

それは、八郎太郎との別れ際に芽衣自身が言った言葉だった。

「どうして、それを……」

芽衣は酷く動揺する。

なぜイシコリドメが知っているのかわからないが、今の芽衣にそんなことを考えている余裕はない。

「つまり、お前にもう時間がないと言えば、竜のことは捨て置くということだな」

自分の言葉の重みが、ずっしりと心にのし掛かった。

イシコリドメはさも楽しげに、芽衣の反応を窺う。

「……ヒトとは、自分の醜さを見たくないあまりきれいごとを重ね、多くの矛盾《むじゅん》を抱え、ときに都合よく解釈を変える。……しかし、そうやって避けてきた醜さと、いずれは向き合わねばならない機会がくるものだ」

「……」

「芽衣。お前はどうする。……自分を守り竜を見殺しにするか、それとも、お前が最悪だと言った自己犠牲のきれいごとでそこの狐を苦しませるか」

イシコリドメが並べた選択肢に、芽衣は、自分の置かれた状況を嫌というほど突き付けられた。

それはどちらも絶望的で、芽衣にはとても選ぶことができない。

ただ、——選べないというどうしても譲れない思いが、逆に、自分を冷静にさせた。

「……確かに、私はすごく矛盾してるかもしれません。きれいごとを言ってると思います」

「おや、認めるか」

「そもそも私がこの世界にいること自体、ありえないことですから。ここに居続けるために勝手な理由をたくさん並べてきたし、神様たちにも迷惑をかけ、天さんにも散々無茶を言ってきました」

「そうだろう。……お前が着くまでの間、この形代を通じてすべて覗いてきたが、まさにその通りだった」

「——だけど」

言葉を止めた瞬間、耳が痛い程の静寂が広がる。そして。

「……私、自分がどうなってもいいなんて思ってません。だから、イシコリドメさまが並べた選択肢の中からは、選びません」

そう言った瞬間、イシコリドメは唖然とした。

「……そんな我儘《わがまま》が通じると？」

「我儘だと言われようと、私が選べる選択肢はたった二つじゃないです。これまでだって、無理やり選択肢を増やしてきたし、二つに絞ったことなんてないもの。……それに、万が一私がヒトでなくなったとしても、……生きてさえいれば、元に戻る方法を探せますから。その時点で、水が涸れて死んじゃうかもしれない八郎太郎さんたちよりもずっと余裕があります」

「それこそ、都合のよい解釈というものだろう」

「都合のいい解釈をしちゃいけないんですか……？　なんと言われようと私は自分を犠牲にしないいし、命をかけて伊勢までやってきた八郎太郎さんから託されたものを無《む》碍《げ》にしません」

芽衣には、自分の考えが正しいかどうかなんてわからない。

この神の世においてはとくにそうで、考えてもわからないからこそ信念だけを頼りに無理やり前に進んできた。

「……なので、早く八咫鏡の形代を貸してください……。急がなきゃ、せっかく増やした選択肢が減っちゃうから」

もはや、勢いまかせの啖呵《たんか》も同然だと、自覚していた。

イシコリドメはすっかり呆れ果てた様子で天に視線を向ける。

「……お前の心労が目に見えるようだ」

すると、天はうんざりした表情を浮かべた。

おそらく、イシコリドメの言葉に共感したのだろうと芽衣は思う。まさについさっき、天から同じようなことを言われたばかりだ。――しかし。

「……わかっているなら、早く形代を貸してくれ」

イシコリドメに加勢するかと思いきや、天はあっさりとそう言い放った。

イシコリドメは楽しげに笑うと、八咫鏡の形代から手を離す。

「どいつもこいつも戯《たわ》け者ばかりだが……、今はまあよしとする。早く竜の元へ行くといい」

「……ありがとうございます。すぐにお返しします」

芽衣は深々と頭を下げ、踵を返した。

そして、天が狐に姿を変えた、そのとき。

「そんなに慌てずともよい。……お前の状況が切迫しているのは確かだが、今すぐにどうこうということはない」

「え……？　あの……」

「退屈なあまり、お前の反応で遊ばせてもらっただけだよ。……なかなか面白い問答だった。形代を返すのはいつでも構わぬ。だから、竜のことが解決したらば、今度こそ自分のことを考えるといい」

「う、嘘ってことですか……？　ひ、酷……」

抗議もなかばに、天は駆け出す。

芽衣は慌てて背中に掴まりながら、イシコリドメを偏屈だと言ったオモイカネの言葉を思い出していた。

——そして。

「……あの調子でどこまで通用するか、……お前には、もうしばらく楽しませてもらえそうだ」

去り際に呟いたイシコリドメのひと言は、芽衣の耳に届くことはなかった。

今すぐにどうこうということではないと言ったイシコリドメの言葉に少し安心したものの、芽衣たちは急いで田沢湖へ向かった。

天は一度たりとも止まることなく、長い距離を一気に駆け抜け、到着したのは夜明け前。

田沢湖は周囲を深い山に囲まれた、自然豊かな場所にあった。

透明度の高い水を湛える大きな湖はとても美しく、つい言葉を失った芽衣を他所に、天は着くやいなや八咫鏡の形代を持って湖の縁へ向かう。

そして、鏡を湖面に向けて布の覆いを取った瞬間、たちまち鏡は強い光を放ち、辺り一帯を照らした。

「すごい……、本物の八咫鏡と全然変わらないですね……」

鏡は向こう側に向けているが、湖面に反射して拡散した光がかなり眩しく、芽衣は思わず目を細める。

一方、天は少し苛立った様子で湖面を睨み付けた。

「……八郎太郎、早く辰子を連れて出てこい」

声にも、いつもの余裕がない。

理由は言うまでもなく、芽衣の傷のことを心配し、一刻も早く辰子のことを終わらせたいと考えているのだろう。

芽衣はなんだか胸が苦しくなって、天の横に立った。

「天さん、無理をさせてすみません。長い距離をずっと走りっぱなしだし、疲れましたよね……？」

「これくらいで疲れるか」

「だけど……」

「……違う。鏡の婆《ばばあ》の嘘に今頃腹が立ってきただけだ」

「か、鏡の婆ってまさか、イシコリドメ様のことを言ってるんですか……？　神様ですよ……？」

「神だろうが俺には関係ない。退屈しのぎか知らないが、笑えない嘘をつくとはずいぶん舐《な》められたものだ。……あれは相当捻《ひね》くれてるぞ。どうせ巫女にも愛想を尽かされて逃げられたんだろう」

天が感情のままに愚痴《ぐち》る姿は珍しい。

芽衣は驚きつつも、その歯に衣《きぬ》着せぬ物言いについ笑ってしまった。

すると、天は少し安心したように芽衣を見つめる。

「……お前は、こんなどうしようもない状況でも笑うんだな」

「え、だって……、天さんがすごいこと言うから……」

「お前の顔を見ていたら気が抜ける。……のんびり竜の相手をしている場合ではないのに」

「天さん……」

それは、天の葛藤が伝わってくるかのような言葉だった。

「……それにしても遅いな、奴らは」

話題はすぐに変えられてしまったけれど、芽衣はたまらない気持ちになり、天の肩に額を寄せる。

「心配かけてすみません」

「まったくだ」

「あの……、抱きついてもいいですか……？」

「……は？」

唖然とする天を他所に、芽衣は横から天の体に両腕を回す。

天は眉根に皺を寄せ、鏡を片手に持ち替えると、芽衣の背中に片腕を回した。

「唐突だな。鼠でももう少し考えてから動くぞ」

「……この間から猪とか鼠とか、失礼ですよ」

「事実だろ」

嫌味を言いながらも、口調は優しい。

芽衣は、両腕にぎゅっと力を入れた。――そのとき。

穏やかだった湖が、突如、不自然にうねり始める。

芽衣たちが慌てて縁から下がると、湖面はみるみる激しい波を立てて荒れ狂い、十メートル程先で巨大な渦を巻きはじめた。

船すら簡単に飲まれてしまいそうな勢いで水が渦巻く光景に、芽衣は言葉を失う。

一方、天は落ち着き払っていた。

「……どうやら、辰子の方がずっと巨大らしい」

「え……？　それって、どういう……」

芽衣が首をかしげるのと、渦の中から大きな竜が飛び出してきたのは同時だった。どしゃ降りのような水滴が辺り一帯に降り注ぐ中、芽衣はその大きさに唖然とする。

「こ、この竜が……、辰子さん……」

辰子は透き通るような水色の美しい体をくねらせながら空中にとどまると、芽衣たちに顔をむけた。

天が言った通り、その姿は八郎太郎よりもふた回りは大きい。

牙《きば》を剥《む》き出しにして芽衣たちを睨みつける姿は、辰子だと知っていても震え上がってしまう程の迫力があった。そして。

「すまぬ、待たせた」

聞き覚えのある声が響くと同時に、八郎太郎が湖から姿を現す。

八郎太郎は芽衣たちの傍へ来ると、辰子に向かって祈るような視線を向けた。

「辰子、この輝きこそ、天照大御神の輝きだ。……私と同じく、お前は赦されたのだ。……もう、苦しまなくてよい」

優しく語りかけた瞬間、辰子のガラス玉のような目が大きく揺れる。

「……赦、された……？」

「ああ。もう心配はないのだ」

辰子の声は、まるで鈴の音色のように透き通っていた。ヒトだった頃もさぞかし美しかったのだろうと芽衣は思う。そして。

「もう渇きは収まっているだろう……？」

八郎太郎の問いかけに、辰子はふたたび瞳を揺らし、八咫鏡の形代にゆっくりと鼻先を寄せた。

「……こんな、ことが……」

辰子は信じられないといった様子でそう呟き、瞳を潤ませる。

たちまち大きな目から次々と涙が溢《あふ》れ出て、激しい飛沫を上げて芽衣たちの足元に落ちた。

「あれほどの渇きが、……すっかり、消えてしまうとは……」

震える声が響き、八郎太郎は安心したように目を細める。

「……もう、大丈夫そうですね」

芽衣がそう言うと、天は八咫鏡の形代に覆いをかけ、懐に仕舞った。

眩い光が収まると同時に、柔らかい朝日が芽衣たちを照らす。

辰子はまだ戸惑っていたけれど、醸し出す雰囲気は、最初に比べてずいぶん柔らかい。

「……芽衣、天、心から感謝する」

八郎太郎も目を潤ませ、芽衣たちに深く頭を下げた。

その様子を見ていると、胸がぎゅっと震える。

ふいに、八郎太郎がやおよろずの前で行き倒れていたときの光景が、頭の中に蘇ってきた。

「八郎太郎さん、頑張って伊勢まで来て本当によかったですね」

あれからたいして時間は経っていないというのに、やたらと気弱だったあのときと比べて、今の八郎太郎はもはや別人だった。

覚悟を決めて宇治橋を渡ったり、苦しさを堪《こら》えてオモイカネの元へ行ったときのことを思い返すと、感慨深さすら覚える。

「これからも、ずっと仲良くしてくださいね」

頷く八郎太郎を見ながら、やはりこの二人は希望だと芽衣は思った。

しかし、余韻に浸る間もなく、天が芽衣の手を引く。

「行くぞ」

「あっ……、は、はい！」

急ぐ理由は聞くまでもない。

芽衣は頷き、八郎太郎と辰子に慌てて手を振った。

「またいつか会いに来てください！　今度は伊勢をご案内しますから、ヒトになる練習しておいてくださいね！」

「……ああ。お前のことは、永遠に忘れない。必ず会いに行く」

八郎太郎の表情は、見たことがないくらいに晴れやかだった。

いろんなことがあったけれど、その表情を見ることができただけですべて報われた気がした。

湖を離れると、天はすぐに狐に姿を変え、視線で急げと芽衣を促す。

しかし、芽衣は天の首元に両腕を回し、強く抱き締めた。

「八郎太郎さんが竜でいることを自然に選んでいたのは、辰子さんとずっと一緒にいるためかもしれませんね」

呟くと、天の目が揺れた。

「……大丈夫ですよ。私はヒトとして死ぬってツユさんと約束しましたから。それに――」

自分がヒトでなくなるとすれば、八郎太郎のような竜ではなく、おそらく妖に違いない、と。

恐ろしくて、それを口にすることはできなかった。

指先を見れば、傷口はさらに黒く変色し、八郎太郎や辰子とは真逆の不穏な気配を醸し出していた。

芽衣は、恐怖を振り払うように、天を抱き締める手に力を込める。

すると、手に触れる感触がふいに変化し、気付けば芽衣はヒトの姿に戻った天の両腕に包まれていた。

嗅《か》ぎ慣れた香りと体温に安心してか、心の中に張り詰めていたものがじわじわと緩みはじめる。

「本当に、すみません……。本当はもっと上手くやる方法だってあったはずなのに……、いつも勢い任せで、困らせて……」

「……それは治らないだろ、もう」

言葉とは裏腹に声は優しく、目頭が熱くなった。――そして。

「そもそも、お前がそういう性《さが》でなければ、今こうして神の世に留まってはいられなかっただろうと俺は思ってる。……ヒトの世に戻る機会なんていくらでもあったのに、お前が全部無視して、神にすら無茶を言って抗ったお陰で今があると」

それは、ぶっきらぼうながらも優しさの滲む言葉だった。

堪える間もなく、大粒の涙が溢れ落ちる。

「……私が滅茶苦茶な人間みたいじゃないですか……」

「ただ、……最初こそずいぶん手を焼いたが、今となってはお前のそういうところに感謝してる。……俺は、一度神の世から出たお前が無理やり境界を越えて戻ってきた時点で、お前がここにとどまることを受け入れようと思った。……滅茶苦茶なお前ごと、全部。だから心配するな。お前のことは、絶対になんとかする」

はっきりとそう言い切られ、芽衣は胸がいっぱいで返事をすることができず、何度も首を縦に振る。

するると、天は芽衣の頭を雑に撫でながら、少し皮肉めいた笑い声を零した。

「それに……、お前に協力したい奴なら数えきれない程いるだろ。……やめておけばいいのに、お前が片っ端から手を差し伸べたせいで。……その分の恩は返してもらわないと割に合わない」

「恩なんて……」

「もしお前の傷がどうにもならなかったときは、これまでお前が焼きまくってきたお節介のぶんを俺が取り立ててきてやる」

天はそう言って、芽衣の涙を拭《ぬぐ》った。

たとえ気休めだとしても、天が言うと不思議なくらいに気持ちが落ち着き、芽衣は頷く。そして。

「……だから、これからしばらくは、自分のことだけを考えてくれ。せめて、その傷が治るまでは」

「……はい」

芽衣が頷くと、天はほっとしたように息をついた。


帰り道、天は行きと変わらない速さで長い距離を駆け抜けた。

さっきは芽衣を宥《なだ》めてくれたけれど、目にも留まらぬ速さで流れる景色が、天の焦りを表しているようだった。

その背中に揺られながら、芽衣は、自分のことだけを考えろという天の言葉を心の中で何度も繰り返す。

そして、自分のために、そして天のためにも、悪化していく傷と真剣に向き合わなければならないと、改めて心に誓った。

伊斯許理度売命《いしこりどめのみこと》

天照大御神の岩戸隠れのときに、三種の神器のうちの一つである八咫鏡を作った神様。

思金神《おもいかねのかみ》

同じく天岩戸事件のときに、天照大御神を岩戸から引っ張り出す計画を立てた知恵の神。

第二章　穢《けが》れを請け負う者

田沢湖から戻った翌日、芽衣たちは早速、指の傷がいきなり悪化した理由を聞きに内宮を訪れた――ものの。天照大御神は、わからないと言った。

天照大御神ならヒントをくれるかもしれないと、少なからず期待をしていた芽衣は、その言葉を聞いた瞬間、目の前が真っ暗になった。

「――ただ、なんらかの原因があることは確かです。原因があるということは、解決する方法もまた存在するということですから、あまり思い詰めずに……私に少し時間をください」

天照大御神が芽衣にくれた唯一の希望は、そのひと言。

芽衣たちは、その言葉に縋る他なかった。――しかし。

芽衣の焦りとは裏腹に、天照大御神からは連絡がなく、あっという間に十日が経った。

最初の数日は、イシコリドメに八咫鏡の形代を返しに行ったりと忙しくしていたぶん気が紛れたけれど、それ以降は、膨らんでいく不安のせいで一日一日が普段よりもずっと長く感じられた。

そんな日々をただ黙って消化するのはあまりに辛く、十日にして限界を感じた芽衣は、思い付きで、初夏に採れる山菜を求めて山を歩いていた。

やおよろずの周辺の山に限り、芽衣はもう地形を完璧に把握している。

以前はすぐに迷子になり、天狗《てんぐ》の世話になったこともあるが、今やもう迷うことはなくなった。

山菜を探し歩くのは無心になれて楽しく、足取りも軽い。

やはり、ひたすら考え込むより体を動かしている方が性に合っているのだと、芽衣はしみじみ思った。

やがて、小さな沢に突き当たると、芽衣は少し休もうと岩に腰をかける。

ちなみに、この沢より向こう側は、急激に地形が変わり、森が一気に険しくなるらしい。

危険だから、一人での散策はここまでにしておくようにと、天から常々言われている。

「それにしても、暑いな……」

座った瞬間にたちまち汗が吹き出て、芽衣は思わずひとり言を零した。

夏に向かってみるみる気温が上がっていくこの季節、森の中は湿度が高く、あっという間に体力を奪われてしまう。

芽衣はたまらず草履《ぞうり》を脱ぎ、沢に足を浸した。

「ああ……、気持ちいい……」

ひんやりと冷えた流水に足を撫でられ、スッと汗が引いていく。

芽衣は目を閉じ、水の音や鳥の鳴き声、そして木々のざわめきに耳を澄ませながら、しばらくその至福に浸った。

しかし、ふと目を開けた瞬間、沢のほとりに見覚えのある山菜を見付け、慌てて立ち上がる。

「ウワバミソウだ……。たくさんある……！」

ウワバミソウとは、水辺に多く見られる山菜。

群生するため大量に収穫することができ、クセがなくどんな料理にも合うと、以前燦から教えてもらった。

これを持って帰ればさぞかし喜んでくれるだろうと、芽衣は夢中になってウワバミソウを摘み取る。

思わぬ幸運に、気持ちはすっかり高揚していた。――しかし、芽衣にはこういう嬉しい出来事の最中ですら、どうしても頭から離れてくれない、重すぎる悩みがある。

それは、森の空気に癒されていても、珍しい山菜を見付けても、喜ぶ燦の顔を思い浮かべてもなお、一瞬たりとも頭から消えることはない。

むしろ、気持ちが満たされれば満たされる程に、心の中で存在感を増しているように思える。

無意識に視線が向くのは、左手の指先。

山菜摘み用の手袋を付けているため傷は見えないが、奥からじわじわと込み上げるような疼きが、しばらく続いている。

天性の能天気さも、この不安の中ではさすがに発揮できなかった。

芽衣はウワバミソウを手ぬぐいに包むと、ふたたび岩に腰を下ろして溜め息をつく。

そして、汚れた手袋を外した――そのとき。

「――おや……、ずいぶんと濃い穢《けが》れの臭いがする」

背後から突如、嗄《しゃが》れた声が聞こえた。

驚いて振り返ると、そこに立っていたのは、ずいぶんみすぼらしい衣服をまとった老爺《ろうや》。

この辺りでは見かけたことのない姿に、芽衣は嫌な予感を覚え、咄嗟に帯紐《おびひも》に結んだ鈴に触れる。

しかし、老爺はそんな芽衣を見て、肩を揺らしながら可笑しそうに笑った。

「こんな老いぼれに、そこまで怯えることはない。……私はただの通りすがりの占い師だ」

「占い師……？」

「うむ。こんな見てくれだが、私はその昔、中務省《なかつかさ》の陰陽寮《おんようりょう》に属していた占《うら》の頭《かみ》だったのだ」

「陰陽寮……？　って、つまり、陰陽師《おんみょうじ》ですか……？」

「その通り」

「え……！　あの、悪霊祓《ばら》いとかの……」

芽衣は目を見開いた。

歴史があまり得意ではない芽衣でも、陰陽師といえばさまざまな映画や小説の題材になっているため、さすがに知っている。

　すると、老爺は意味深に笑った。

「おや……、妙な反応をすると思ったら、お前はヒトか。……ならば知らずとも仕方がない。陰陽寮は主に律令《りつりょう》制下において政《まつりごと》などの吉凶を占っていた機関だ。まあ降《ごう》魔《ま》もするが、主たる役目ではない」

「まつりごと……って、つまり政治のことですよね……」

「その通りだ」

　つまり、この老爺は律令制の時代に政治に少なからず関わっていた、かなり位の高い占い師だったということになる。

　しかも、省と名がつく機関にいたということは、お役人だ。

　とはいえ、そんな人物が、こんな寂しい山の中を放浪しているなんて、芽衣には違和感しかなかった。

「あの……、それで、あなたは神様なんですか……？　それとも、陰陽師の亡霊とか……？」

　かなり失礼な質問だとわかっていたけれど、芽衣にとっては重要な確認だった。すると、老爺はニヤニヤと笑う。

「いや、どちらでもない。私のことは翁《おきな》とでも呼べばよい」

「どちらでもないって、そんな……」

「そんなことよりも、その酷い穢れはどうした」

翁は質問を無視し、芽衣の指先に視線を向けた。

芽衣は、咄嗟に左手を後ろに隠す。

「穢れ……？」

「隠しても無駄だ。臭いが漏れているからな。……さっきも言ったろう。あんまり酷い臭いがするものだから、妖でもいるのかと思い様子を見に来たのだ。まさかヒトがいるとは思いもしなかった」

「……妖と間違えたってことですか……？」

翁がさらりと口にした言葉が、芽衣の胸に深く刺さる。

自分の気配はすでに妖に近いという恐ろしい事実を、そう簡単には受け入れられなかった。

すると、翁はなにかを察したように目を細める。——そして。

「……占ってやろうか。お前の行く末を」

突如、そう口にした。

芽衣の心臓が、ドクンと揺れる。

「私の未来がわかるんですか……？」

おそるおそる尋ねると、翁はたっぷりと間を置いて頷く。

しかし、今の芽衣には、自分の未来を知る勇気がなかった。

「でも……、やっぱり、やめておきます……。というか、怖くて知りたくありません……」

気にならないといえば嘘になるけれど、もし最悪な結末を言い渡されたらとても立ち直れる気がせず、芽衣は首を横に振る。

しかし、翁はそんな芽衣をまっすぐに見つめた。──そして。

「ほう。……麻多智《またち》が引いた神の世の境界を越え、石長姫《いわながひめ》の友となり、家宅六神《かたくろくしん》の加護を得、……ついには天照大御神に目をかけられ使いまで務め……それ程の特異な運命を辿ってきたお前が、……怖いなどと口にするとは」

芽衣は、目を見開く。翁が口にしたのは、すべて芽衣がこれまでに神の世で経験してきた事実だった。

驚いて言葉を失う芽衣に、翁はさらに続きを口にする。

「お前の過去は、まるで大昔からの伝承をいくつも混ぜ合わせたかのようだ。……その上、狐と恋仲とは。……いっそ図太いとも言える。お前に怖いものなどあるはずがないだろう」

楽しそうに笑う翁の前で、芽衣はただ呆然としていた。これだけ言い当てられたら、もはや翁の占いの力は本物であると認めざるを得ない。

見た目はかなり怪しいが、芽衣の中で、陰陽寮という機関に属していたという話が徐々に信憑性《しんぴょうせい》を帯びはじめた。

だからといってすべてを信用したわけではないが、どうせ見透かされるという諦《あきら》めからか、芽衣の警戒心が自然と緩む。

「……怖いですよ。これまでだって、いつも怖かったですし。私はいつだって暴走気味で、目の前のことしか考えられないので、何度も危ない目に遭いましたもん。周りが支えてくれたお陰で、かろうじてなんとかなってきたってだけです」

思わず弱音を吐くと、翁は眉を顰《ひそ》める。そして。

「……ほう。確かに仲間は多いようだ。狐が三匹に、兎に、猩猩に、……なんと妖までで」

翁はまさに今やおよろずを覗いているかのような口ぶりで、さもなんでもないことのようにそう言った。

ほんの一瞬ですべて見透かされてしまうというのは気持ちが悪く、芽衣は咄嗟に背後の岩陰に隠れる。

「あの……、勝手にいろいろ見ないでもらえませんか……」

するると、翁は声をあげて笑った。

「それはすまなかった。しかし、これはもはや癖なのだ。……なにせ、過去は嘘がつけぬし、誤魔化しもきかぬ」

「……そうやって相手の言葉を全部疑ってかかってたら、友達が一人もいなくなりますよ」

「はは！　芽衣よ。お前は本当に面白いことを言う」

「ちょっと！　また覗きましたね……？　私まだ名乗ってないのに……！」

慌てて抗議したものの、翁は少しも怯《ひる》むことなく、相変わらず楽しげだった。

もはや面白がられているとしか思えず、睨みつけると、翁は困ったように首を横に振る。

「誤解だよ。先程お前の過去を覗いたときに、さまざまな者がお前の名を呼ぶ声が聞こえたのだ。それは、誰かを必要とし、必要とされた者に共通する特徴だよ。芽衣、お前にはなかなかの人徳があるとみえる」

「……今さら持ち上げても無駄です」

「持ち上げてなどおらぬ。……それに、どうやらお前は言葉の威力をよく知っているらしい。……私はそういう奴が好きだ。気に入った」

「あなたに気に入られても……」

また妙な者に目を付けられてしまったと、芽衣は困惑した。

すると、翁は突如芽衣との距離をぐいっと詰める。――そして。

「芽衣。私はお前が知りたいことを教えてやれる。……聞いておかなくていいのか？

占術は私の生業《なりわい》だが、面白いお前に免じて見返りは要らぬ」

ふいに声色が変わり、芽衣は思わず息を呑んだ。

「だから……、怖いってさっきから……」

「過去は決まっているが、先のことははっきりとは言えぬ。なにせ、先のことを見ようとしても、大概の場合、いくつも枝分かれをしているのだ。占術では、その中の一番太い枝の先を覗く。これは仮説だが、お前の場合、その一番太い枝の先に見えるのは、もっとも恐れている結末かもしれぬ。……しかし、たくさんの枝の中には、お前が望む結末に繋がるものも存在するはずだ」

「……それって……」

「なにもせずに運命に流されていれば、もっとも太い枝の方へと進むしかない。しかし、抗えば可能性は増える。……未来など、些細《ささい》なきっかけで簡単に変化する曖昧なものなのだ。過去に何度もそうしてきたお前に、そんな簡単なことがわからぬわけがないだろうに」

「そんなことまで……」

頭を過っていたのは、これまでに芽衣が変えてきた数々の運命。

燦や仁《じん》や黒塚のことはもちろん、消えかけてしまった意富伊我都命《おういがつのみこと》の過去を正すために過去へ向かったことは、まだ記憶に新しい。

それらの出来事を思い返すと、翁が話した、未来が枝分かれしているという意味が、芽衣にはよくわかる。――そして。

「つまり、まだお前は選べるということだ。選べるということはつまり、最悪な結末を避ける方法が必ずあるということ」

翁の言葉が、芽衣の胸に刺さった。

思えば、天照大御神ですら時間が欲しいと言う程に難解な状況の中、芽衣の心の中では、諦めたくないという気持ちと一緒に、もはや手はないのかもしれないという諦めが共存していた。

だからこそ、翁の語る希望には、心が勝手に縋ってしまう。

「だけど……、その方法がどうしてもわからないんです。天照大御神様にお話を聞いていただいて、いろんなことを試してきましたし、少しずつ良くなっていたのに、……急に悪化して。……しかも、悪化の速度の方がずっと速いんです。このままじゃ、同じことをしていてもいずれは……」

気付けば、芽衣は岩陰から出て翁に不安を吐き出していた。

翁は話を聞き終えると、芽衣の手を取り手袋をスルリと抜き取る。

「……それはそうだろう。悪化しているとすれば、この酷い穢れのせいだ。穢れというものは、ヒトが抱えた諦めや苦しみや後悔などの後ろ暗い感情から生まれる。そして、次々と生まれる一方で消滅はせず、ただ移動を繰り返すのみ。……つまり、他人に手を差し伸べる優しい者程、逆に穢れを貰いやすいのだ」

「……つまり、この指についた穢れを消すことはできないけど、動かすことはできるってことですか……？」

「理解が早くて結構だ」

それは初めて聞く話だったけれど、理屈は単純であり、理解するのはそう難しくなかった。

「どうやって移動させれば……」

はやる気持ちが抑えられず、芽衣は翁に身を乗り出した。――すると。

「なに、簡単なことだ。……誰かに渡してしまえばよい」

「誰かに、渡す……?」

「穢れを押し付けるのだ。芽衣、お前がこれまでされてきたように」

翁はなんでもないことのようにそう口にした。

しかし、押し付けるというなんだか不穏な響きに、芽衣はたちまち嫌な予感を覚える。

「押し付けるって……、つまり押し付けられた相手が、今度は穢れの影響を受けるってことですか……?」

「当たり前だろう。穢れとはそういうものだ」

「そんな……。だいたい、私は押し付けられた覚えなんて……」

「……いや、覚えならあるはずだ。お前はかつて、黄泉比良坂《よもつひらさか》を訪れただろう」

「黄泉比良坂……」

その名を聞いた途端、胸がざわめいた。

それは忘れもしない、かつて体が消えかけてしまった芽衣が訪れた、黄泉《よみ》へと通じる坂の名前。

あのとき、芽衣は玉依姫《たまよりひめ》からの助言を元に黄泉比良坂を訪れ、大神実命《おおかむづみのみこと》から桃の実を賜り、体を元に戻すことができた。

黄泉醜女《しこめ》に追いかけられ、黄泉へ連れ去られそうになった恐ろしい経験は、今思い出しても背筋が凍る。

顔色を変えた芽衣を見て、翁の目が鋭く光った。

「……思い出したようだな。あそこは、黄泉ともっとも近い場所。黄泉には遠く及ばずとも、穢れが蔓延《まんえん》している。あのような場所に生きたヒトが立ち入れば、すぐさま穢れを受けるだろう。……さらに、穢れとは、また他の穢れを寄せ集める性質があり、気付かぬうちに増幅していく。……つい最近、元ヒトであった者と関わったことも、おそらく原因の一つだろう」

「元ヒトって……八郎太郎さんたちのこと……」

「あくまで、穢れの一部はそうだろうな。そして、お前のように大きく膨れ上がるまで放置してしまえば、もはや勝手に離れていくことはない。つまり、他の者に押し付ける他ないのだ」

「そんな……」

他に方法がないと言われても、それはあまりに気の進まない方法だった。誰かに押し付けるなんて、芽衣にはとても考えられない。

するると、翁は含みのある笑みを浮かべる。

「そうやってお人好しなことばかり考えているから、お前は隙だらけなのだ。……なに、その程度の穢れ、ヒトでなければそうたいしたことではない」

「そんなことを言われましても……」

「そうだ、お前の仲間の妖に渡せばよい。あれは、元はヒトだろう？　しかし、ずいぶん長い年月、妖として過ごしているようだ。もはや、少々の穢れなど、とうに飼い慣らしているだろう」

「妖って……、まさか、黒塚さんのことですか……？　そんなの無理です！　ってか、この話はやめましょう……。穢れを誰かに押し付ける方法は、とても無理なので諦めます」

とても貴重な情報ではあったけれど、芽衣にとっては、あまり現実的な方法ではなかった。

この穢れが他の者にどう影響するかはわからないが、良いものでないことだけは間違いない。

そんなものを押し付けて自分が助かったとして、気持ちが晴れるとはとても思えなかった。

「おや。……ならば、自分がどうなっても構わぬと？」

「……別の方法を探します」

「他に方法など存在しないと言ったら？」

「……でも、天照大御神様だって考えてくださってますから」

「先にも言ったが、私は陰陽寮の占の頭。穢れやまじないや呪いに関し、私以上に造詣が深い者など存在せぬ。天照大御神もまた、例外ではない。……つまり、私が他の方法などないと言えば、絶対にないのだ」

「だったら……！」

諦めます、と。最後まで口にできず、芽衣は口を噤む。

完全に煽《あお》られていると、葛藤する芽衣の反応を楽しんでいるのだと気付いていながらも、諦めるという言葉だけは、嘘でも言えなかった。

翁は見るからに楽しげに、芽衣の様子を窺っている。

芽衣はなんだか酷い疲労感を覚えた。

「そもそも、私がここで生きてこられたのは、周りの人たちがいてくれてこそですから……。黒塚さんだって……、まぁちょっと変わってますけど、なんだかんだで気にかけてくれてますし。だから、恩を仇《あだ》で返すようなことできません。……もう、帰りますね」

芽衣はそう言うと、翁に背を向ける。

しかし、そのとき。

「――噂通り、愚鈍な奴だ」

翁の小さな呟きが耳に入り、芽衣は思わず振り返った。

「噂……？」

翁はさも偶然のように現れたけれど、その口ぶりだと、まるで芽衣だとわかった上で声をかけてきたように思える。

芽衣はたちまち警戒を強め、翁を睨んだ。

「あなたは、私の噂を聞いて、珍しがって見に来たんですか……？」

心臓は、みるみる鼓動を速める。

しかし、緊張する芽衣とは真逆に、翁は余裕の表情で肩をすくめた。

「そう恐い顔をするな。確かにお前の噂は聞いていたが、そんなものはあらゆる場所で流れている。なにせ、この神の世に留まるヒトなど特異中の特異。おかしいことなどなにもない」

「だけど、知らないフリしてからかってたってことですよね」

「それは認める。すまぬ」

「……」

あっさりと謝られるとそれ以上なにも言えず、芽衣はやり場のない怒りを抑え込んだ。

すると、ふいに翁の瞳が意味深に揺れる。

「……ただ、今にも穢れに呑まれそうなお前を見て、方法を授けてやろうという仏心が生まれたのは事実だよ。それだけは信じてもらいたい」

「……せっかくですけど、人に押し付ける方法は私には無理なので」

「私が他の方法がないと言えば、ない」

「だから、それはもうわかりましたから……！」

「そう慌てるな。私はまだ、ないなんて口にしておらぬ」

「はい……？」

「私がないと言えばないが、まだ、ないとは言っておらぬ。お前が早とちりをしただけだろう。老人の話はいくら長くとも最後まで聞け」

「……」

やはり弄《もてあそ》ばれていると、芽衣はうんざりした。

一方、翁に悪びれる様子は一切ない。

本音を言えば、もう無視して帰ってしまいたかった。

けれど、この期に及んで、この怪しい翁の言葉に希望を持ってしまっている自分がいる。

「その方法、教えていただけるんですか……？」

うんざりしながらも渋々尋ねると、翁は満足そうに頷いた。

「もちろんだ。芽衣、お前のお陰でずいぶん面白い退屈しのぎができた。その礼として、とっておきの方法を教えてやろう」

「とっておき、ですか……」

胡散《うさん》臭さは、やはり拭えなかった。

とはいえ、聞くだけならタダだと、芽衣は翁の言葉を待つ。すると、翁は芽衣の目をまっすぐに見つめた。――そして。

「お前の穢れを押し付ける、最適の相手が存在するのだ」

まるで内緒話のように囁《ささや》かれた内容に、芽衣はがっくりと肩を落とした。

「やっぱり押し付けるんじゃないですか……。だから、私には無理だって、もう何度も……」

「いいから聞け。お前の穢れを押し付けるのは、仲間ではない。……禍津日《まがつひ》を知っているかい？」

「マガツヒ、ですか……？」

「やはり知らぬか。八十《やそ》禍津日と大《おお》禍津日の二柱からなる、災いの神だ」

「災いの、神様……」

それは、初めて耳にする名前だった。

世の中にいろいろな神様がいることは知っているが、災いの神というなんだか不穏な響きに芽衣はつい身構える。

すると、翁は芽衣の考えがわかっているかのように、ゆっくりと首を横に振った。

「お前が想像するような危険な神ではない。二柱のマガツヒは、もともと穢れから生まれた神なのだ。筑紫《ちくし》の日向《ひむか》の橘《たちばな》の小戸《おど》の阿波岐原《あはぎはら》あたりに鎮座し、次々と生まれる多くの穢れを引き受けている。マガツヒたちがいなければ、消えることのない穢れはただ増えていく一方だ」

「……つまり、そういう役割っていうことですか？」

「いかにも。……だから案ずることはない。マガツヒたちのもとへ向かい、お前の穢れを渡してしまえばよい」

「そんな方法が……」

それは、正直、これまで悩んでいたことが無駄に思えるくらい、あまりに簡単な方法だった。

どうしても不信感が拭えないが、藁《わら》をもすがりたい芽衣にとって貴重な情報であることに違いはなく、黙って翁に耳を傾ける。

すると、翁は思い出したかのように、懐から短冊の束を取り出した。

「とはいえ……、穢れを受けたものが直接マガツヒに渡しに行くことなど、普通はあまりない。マガツヒのもとを訪れるのは、人々の祈りを聞き入れ、穢れを預かった神々のみ。いわば、マガツヒとは穢れが行き着く最終地点なのだ。よって、穢れを渡すには、神々が使う特別な祝詞《のりと》が必要となる」

「祝詞？　……呪文みたいなものですか？」

「まあ、間違ってはいない。私が書いてやるから、マガツヒのもとへ行き、読み上げるがよい。そうすれば、お前の穢れは跡形もなく晴れるだろう」

翁はそう言うと、短冊にサラサラと文字を書き綴《つづ》った。真っ白な短冊が、みるみる達筆な文字で埋められていく。

「あの……、それって私が唱えても効果があるんですか……？」

「私が言霊《ことだま》を宿してやる。そうすれば、誰が唱えようと同じことだ」

「言霊……？」

「言葉には魂が宿る。私は、それを操ることができる」

「そうなんですか……」

用意した祝詞を唱えるだけなんて、聞けば聞く程、危険な予感をまったく感じない単純な方法だった。

やはり裏があるのではと思ってしまうけれど、かといって、翁がわざわざ芽衣を騙《だま》す理由もよくわからない。

もし芽衣を陥れたいのなら、こんな回りくどい方法を取らずとも、ヒト一人くらいこの場でどうにでもできるだろう。

芽衣は妙に引っかかるものを感じながらも、結局、翁が書き終えた短冊を受け取った。

しかし、それを見た瞬間、あまりの難解さに目を見開く。

「あの……、この文字、私にはまったく読めないんですが……、なんて書いてあるんでしょうか……」

情けない質問だとわかっていながらも、翁が綴った祝詞は難しい上にかなりの長文だった。

困惑する芽衣に、翁は呆れた表情を浮かべる。

「これは、不浄なものを取り除いてほしいという願いを込めた祝詞だが……、読めぬとは困ったものだ。祝詞はいわば術そのもの。心より念を込めねば意味を為《な》さぬ。言葉に詰まっても同じだ」

「そ、そんな……。せめて、ふりがなを振ってもいいでしょうか……」

思いもしなかった障害に、芽衣は頭を抱えた。

ただ、どれも現代のヒトの世では馴染みのない言い回しで、知らない言葉に念を込めろと言われても無理な話だ。

もはや必死に勉強するしかないと、芽衣は覚悟を決める。

しかし、翁はふと考え込み、芽衣の手元の短冊をするりと抜き取って、懐に仕舞った。

「……ならば、よい方法がある。この祝詞の持つ言霊を、お前自身が馴染みのある言葉に込めてやろう」

「馴染みのある言葉……」

「そうだ。同じ意味を持っているならば、使い馴染んだ単純なものでよい。お前はそれをマガツヒの前で唱えるだけだ」

「そんなことができるんですか……？」

「できることは、できる。……ただし、そう都合よいことばかりではない。別の言葉に乗り移らせた言霊は一度しか効果を持たぬ。つまり、二柱のマガツヒに、同時に祝詞を聞かせねばならぬ」

「同時に……」

つまり、祝詞を芽衣の言葉に置き換えた場合は、ヤソマガツヒとオオマガツヒが一緒にいるときに唱える必要があるらしい。

「というか、お二人は別々の場所にいらっしゃるんですか……？」

「いいや、近くにはいるはずだが、常に行動を共にしているとは限らぬ。だが、二柱を見付け、同じ場所に呼べばよいだけの話だ」

「なるほど……」

マガツヒたちがどんな神様なのかはわからないが、翁の口ぶりから察するに、祝詞の原文を必死に覚えるよりは簡単に思える。

「じゃあ……、お願いしてもいいですか……？」

「うむ。なんでもよいから言いやすい言葉を選ぶといい」

「だったら……、〝マガツヒ様、私の穢れを祓っていただけませんか〟……とかで大丈夫でしょうか……」

「ああ、構わぬ。その言葉に祝詞の言霊を込めてやろう。忘れぬよう短冊に書いておくといい」

短冊を渡され、芽衣は自分が口にした言葉を綴る。すると、翁はそれを額に当て、静かに目を閉じた。

おそらく、言霊を込めてくれているのだろう。

会話が途切れると同時に、木々のざわめきや沢のせせらぎが耳に届き、ふと気持ちが冷静になった。

翁はあまりに至れり尽くせりで、怪しさは膨らむ一方だ。

けれど、他になんの案も持たない今、試してみる価値はきっとあると、そう信じずにいられなかった。

やがて翁はゆっくりと目を開け、芽衣に短冊を渡す。

「……これでよい。では、また結果を聞かせておくれ。無事に穢れが払えるよう祈っておいてやろう」

「ありがとうございます。……行ってみますね」

礼を言うと、翁は意味深に笑う。

心の中には、不安と恐怖とわずかな期待が交錯していた。

芽衣は翁に頭を下げ、やおよろずへ向かって山道を戻る。

そして、日に日に強くなっていく指の疼きを感じながら、ともかく、天に相談してみようと思った。


「――俺に断りもなく、そんな怪しい奴と話し込むな」

その日の夜、仕事が終わって部屋に戻ってきた天に翁とのことを話すと、天は不満げにそう言った。

「す、すみません……」

「鈴はどうした。なぜ鳴らさない」

「持ってはいましたけど……、翁の話が気になって、つい聞き入ってしまったというか……」

「お前は本当に、何度言っても聞かないな」

予想はしていたものの、それを上回る不機嫌さに、芽衣はすっかり萎縮《いしゅく》してしまった。

試しにマガツヒのところへ行ってみたいなんて言いだせる空気ではなく、機会を改めようと芽衣は黙って膝を抱える。

すると、天は芽衣の正面に胡座《あぐら》をかいて座り、傷のある指先に触れた。

「……そう焦るな。正体の知れない老人に心を開いて、万が一相手が邪神だったらどうする。前にも散々な目に遭っただろう」

語調は宥めるように穏やかで、なんだか胸が締め付けられる。

芽衣は膝に顔を伏せ、小さく頷いた。

「わかってます。……でも、焦ります」

「芽衣」

「いつ自分が自分じゃなくなってしまうんだろうって思ったら、……少々胡散臭くても、縋りたくなったんです。どうせ駄目だとしても、可能性が少しでもあることは全部やってみたいですし……」

「言うな、どうせ駄目だなんて」

「……」

芽衣が黙ると同時に手首を引き寄せられ、途端に甘い香りに包まれた。

これまで、あまり深く考え込まないようにしていたけれど、こうして怒ったり優しくなったりと感情を露《あら》わにする天を見ていると、自分の置かれた状況を思い知って辛い。

芽衣は天の胸に額を寄せ、慣れ親しんだ体温の中で、ゆっくりと呼吸を繰り返す。

――すると。

「……筑紫の日向の橘の小戸の阿波岐原、か。そのややこしい場所に存在するというマガツヒのことを、そういえば俺も聞いたことがある」

突如、天がそう口にした。

「え……？」

「かつて、死んでしまったイザナミを連れ戻そうと黄泉へ向かったイザナギが、黄泉で付いた穢れを落とすため、その場所で禊《みそぎ》を行ったという。マガツヒはそのときに祓われた穢れから生まれた神だと、大昔に荼枳尼天《だきにてん》が話していた。……ただ、俺らがこれまで会ってきた神々とは存在そのものに大きく違いがあるらしい。そして、マガツヒに穢れを引き受けてもらいたいならば、言霊という特殊な力が込められた祝詞が必要だと。……それは、神にしか扱えない、特別な術だ。お前が会った怪しげな翁に扱えるとはとても思えない」

「……そっか。……まあ、簡単すぎるとは思いましたけど……。やっぱり翁は私をからかっただけってことですよね……？」

「俺はそう思う」

茶枳尼天から聞いた話ならば、素性の怪しい翁の話よりもずっと信憑性が高い。

「……わかりました」

今回は諦めた方が賢明かもしれないと、芽衣は俯く。――しかし。

「……ただ、翁が何者なのか、どうして芽衣に近付いたのか、目的がどうしても読めない。……それが、少し気になる」

天がぽつりとそう零した。

確かに、芽衣が引っかかっていたのもまさにそこだった。

翁の話を聞いていたときにも思ったけれど、わざわざ回りくどい方法で芽衣を陥れる理由が、まったく思いつかない。

その言葉を信じてマガツヒのもとへ向かったところで、芽衣の痛手は無駄足を踏むことくらいであり、翁がそんなことを面白がるとも思えなかった。

「……方法はともかく、マガツヒが穢れを引き受ける神であることは事実だ。翁と共謀しているなんてことは、さすがにあり得ない。……とはいえ、お前を救う理由も思いつかない。見返りも求められていないとなれば、翁はいったいなにを考えているのか……」

いつも冷静な天が、こんなふうに頭を悩ませることはあまりない。普段なら、そんな話は忘れろとあっさり一蹴《いっしゅう》しているだろう。

迷う理由は、わずかな可能性を捨てきれていないからだ。

本当は、芽衣と同じくらいに、あるいは芽衣以上に焦っているのかもしれないと、ふと思う。

長い沈黙が流れた。

芽衣はなにも言わず、天の反応を待つ。――すると。

天は、意外な言葉で沈黙を破った。

「……試してみるか？」

「え……、試すって……」

「お前が授かった怪しい祝詞が、万が一にも本物である可能性を否定できない以上、迷いが晴れない。……いっそ早いうちに事実を知った方が、心置きなく次の手段を探せる」

「天さん……」

「どうせ、今はなんの手がかりもないからな。もし天照大御神に呼ばれたときは、中断して戻ればいいだけの話だ」

いつになく、曖昧な可能性に賭《か》けることを決めた天の思いは、芽衣の心を打った。嬉しさと苦しさがごっちゃになり、芽衣はなにも言えずに天を見上げる。

すると、天は困ったように眉を顰めた。

「……おい、あまり期待するなよ。やはり嘘だったと判明したときに、落ち込まれると俺がきつい」

「違います……。そんなこと考えてないです……」

今は、天の思いに胸がいっぱいで、むしろ、結果のことまで考えが至っていなかった。

芽衣は言葉にすることを諦め、天の背中に両腕を回す。

「……なら、なにを考えてる」

わずかに甘さを帯びた声が響き、胸が締め付けられた。

「期待してるわけじゃないですけど、本当だったらすごいなって。……それで、ここにずっといたいなって思ってただけです」

そう言うと、溜め息のような笑い声が響く。

「もし嘘だったら、翁を捕まえて宇治橋から放り投げてやるから心配するな」

「報復のことなんて、全然心配してないです……」

「そうか？　……俺は、許せないけどな。……お前に期待を持たせた奴は」

「……」

最近の天は、ときどきこういうことをサラリと口にする。

なんてタチが悪いのだろうと思いながら、芽衣は熱を上げた顔を隠すために、天の胸元に顔を埋めた。

こんな時間が一分でも一秒でも長く続けばいいのにという願いが、心の中で、どんどん存在感を増している。

今の芽衣にとって、それがとても贅沢な望みだとわかっていながらも、止めることはできなかった。


「ふむ、筑紫の日向の橘の小戸の阿波岐原か。確かにイザナギが穢れを祓うために禊を行った場所だと聞くな。日向《ひゅうが》の江田《えだ》神社のあたりにあると聞くが、俺は見たことも行ったこともない。そもそもその存在自体が曖昧だ」

翌朝、因幡に一連のことを相談してみると、すぐに場所を教えてくれた。

日向とは、現在の宮崎県にあたる。

「曖昧って……？」

「禊を行った場所は、ヒトの世とも神の世とも言い難く……言うなれば、お前が一度足を踏み入れた黄泉比良坂のようなもので、黄泉とも近いらしい。現存する江田神社のどこかから通じているはずだが、俺はよく知らぬ」

「そっか……。じゃあ、行って探してみなきゃね……」

芽衣が訪ねてきたすべての神社にヒトの世と神の世が通じる場所が存在するように、おそらく、江田神社にはそれに加えて黄泉との境目が存在するのだろう。

二柱のマガツヒのこともそうだが、今回に関しては、行ってみなければわからないことがあまりに多く、早くも不安だった。

「にしても、また妙な情報を仕入れたものだ」

「うん……？」

「マガツヒに直接穢れを渡せとは。……俺ですら、そんな強引な方法はなかなか思いつかぬ」

「そうなんだ？　強引かどうかすら、私にはわかんなかった……」

今さらだが、この神の世での常識を、芽衣はほとんど知らない。むしろ、ただ日々をこなしていくことに精一杯だった。

カウンターに座って頬杖をつくと、因幡が芽衣の膝の上にぴょんと飛び乗りあぐらをかいて座る。

「珍しいな。意地でもこの神の世に留まるべく、どんな無茶でも喜んでしてきたお前が、ようやく手段を得たというのに憂鬱《ゆううつ》そうにしているとは」

「……ねえ、意地とか無茶とか強調しないで」

「得難いものを得て、弱気になったか？」

「……」

予想だにしなかったことを言われ、芽衣はつい動揺した。

すると、因幡はにやりと笑みを浮かべる。

「見ていればわかる」

因幡が言っているのは、天とのことだろう。あえて伝えていなかったけれど、勘付かれていたのだと察した途端、無性に恥ずかしくなった。

「……そうやってニヤニヤされると思ったら、言い辛いし」

「おい、急に普通の女のように恥ずかしがるな。調子が狂う。まあ、天の方はもとより隠す気はさらさらないようだが」

「天さんは全然表情に出ないでしょ……」

「鈍い女だ。不憫《ふびん》でならん」

「……どういう意味？」

「なんでもかんでも他人《ひと》に聞くな」

「もう……！」

肝心なことを教えてくれず、芽衣は因幡の柔らかい体をわしゃわしゃと乱暴に撫でた。

因幡は心地悪そうに毛を逆立てて抵抗する。

「やめろ！　……と、ともかく。……可能性が少しでもあるなら、いつものお前のように、阿呆《あほ》みたいに期待に満ち溢れた顔をしていろ。情報がデマだったならば、そのときに憂えたらいいだけの話だ。その方がよっぽど芽衣らしい」

「でも、もう時間が……」

「うるさい。口答えするな」

因幡は両手で思いきり芽衣の頬を引っ張った。

「い、痛いって……！」

するとト、音もなく猩猩が姿を現し、因幡を引き剥がすと牙を剥き出しにして威嚇《いかく》する。

「猩猩……！　だ、大丈夫だよ、ふざけてじゃれてただけだから……！」

「……くそ。厄介《やっかい》な取り巻きが増えたものだ」

因幡のぼやきを聞きながら、芽衣は、ここでの生活がどれだけ心地よいかをしみじみ感じていた。

ぶっきらぼうながらも励ましてくれる因幡も、芽衣が困っているとすぐに駆けつけてくれる猩猩もまるで家族のようで、生きてきた年数は芽衣よりずっと長いのに、つい弟のような感覚で接してしまっている。そして。

「……私も、祈ってるから」

そっとお茶を出してくれた燦もまた、芽衣にとっては今や家族同然だった。

「ありがとう……」

かつて芽衣は自分の居場所を失い、ぼんやりと頭に浮かんだお伊勢参りという言葉を頼りに伊勢にふらりとやってきた。今になって思えば、あのときは自暴自棄になっていたように思う。

そんな伊勢でこんなにかけがえのない出会いを果たすなんて、当時の芽衣には到底想像できないことだ。

改めて考えてみても、芽衣がこの環境に身を置いていること自体、奇跡以外のなにものでもない。

過去を思い返すことはこれまであまりなかったけれど、ひとたび考えると、すべての奇跡が愛おしく感じられた。

「……どうせ全部奇跡なんだから、もう一回くらい起きてもいいよね……」

頭に浮かんだ言葉が、無意識に零れる。

すると、因幡がにやりと笑った。

「いつも通り、阿呆っぽくなってきたな」

「……でも、そうでしょ？」

「一回とは言わず、何百回でも起こせばいいだろう。お前は自分で自覚する以外にも、この神の世であり得ないことをいくつも起こしているのだ。……だから、正直俺は、お前の心配などあまりしておらぬ。今回もまた、どうせわけのわからん方法で窮地を脱するだろうと軽く考えている」

「因幡……」

「……脱してこい」

言葉とは裏腹な切実な響きに、芽衣はたまらなくなって因幡を抱き締めた。

同時に猩猩が背中に張り付き、燦が芽衣の手をぎゅっと握る。

「やめてよ、これじゃ、最後のお別れみたい……」

「勝手に荒らしておいて、いきなり去るなど絶対に許さぬ」

「そんな犯罪者みたいな言い方しないで」

「十分大罪だ」

いつも通りの応酬が、少し切ない。

芽衣は因幡から体を離した。

「じゃあ、……奇跡を起こしてくるね」

「……山菜を取ってくるような言い方をするな」

「山菜取ってる最中に翁に会ったんだから、そんなに間違ってないよ」

芽衣が笑うと、因幡もほっとしたように耳を垂らす。

いつの間にこんなに愛されていたのだろうと、このタイミングで再確認した皆からの思いは、芽衣の追い風になった。

気付けば、気持ちも少し上向いている。

芽衣は、宣言した通り奇跡を起こさねばならないと、心に固く誓った。

やおよろずを出たのは、その日の夕暮れ。

またやおよろずを空けることになるため、天は仲居を任せる狐を集め、準備が整い次第すぐの出発となった。

天の背中に掴まり、因幡に教えてもらった江田神社へ着いたのは、日がすっかり落ちた頃。

江田神社は、海沿いの小高い丘の上にあり、豊かな自然に囲まれた美しい神社だった。

鳥居の前からすでに厳《おごそ》かな雰囲気が漂っていて、夏も近いというのに空気がひんやりと締まっている。

「……少し、不思議な雰囲気ですね」

「祖神であるイザナギとイザナミが祭られている場所だからな。確かに、少し空気が違う」

「あ、あの……、お二人は、ここにいらっしゃるんですか……？」

「さすがにいないだろう。イザナギとイザナミが祭られている場所はここだけじゃない」

確かに、神様の多くは日本各地に祭られていて、常に同じ神社にいるとは限らないらしい。

日本の祖神ともなれば、さぞかしその場所も多いのだろうと芽衣は思う。

「そうですか……。なんだか、残念なようなほっとするような……。ばったり出会っちゃったら、さすがに緊張しますし」

「すっかり天照大御神のお気に入りのお前がそれを言うか。もはや、相手が神だろうが因幡だろうが、さほど態度に変わりないように見えるが」

「そんなわけないでしょう……」

周囲からはそんなに厚顔に見えていたのかと思うと、芽衣は目眩を覚えた。

ただ、否定したはいいが、芽衣は神の世での常識をほとんど知らないぶん、知らず知らずのうちに失礼な態度を取っている可能性は否めない。

一瞬不安を覚えたけれど、もはや知らない方が幸せな気がして、芽衣は考えるのをやめた。

そんな複雑な心境の芽衣を他所に、天は鳥居を抜けると、本殿の前に立つ。

そして、厳かで美しい佇《たたず》まいを見上げ、そっと目を閉じた。

「天さん……?」

それは、あまり見たことのない姿だった。

普段の天は、どこの神社を訪れようと普段と変わらない。神様を前にしても敬うような態度を見せないし、実際に、ただの商売相手だと口にしていた。

なのに、今の天は、なんだか祈っているように見えた。

思わず見入っていると、天は静かに目を開ける。そして。

「さて。マガツヒを捜すか」

いつも通りの口調でそう言った。

「……はい」

なぜだか、なにも聞くことができなかった。

すると、天は本殿に背を向け、周囲をぐるりと見渡す。

「ここはずいぶん手入れが行き届いている。もしかすると、巫女がいるかもしれない。もしいるなら、話を聞ければいいが」

「今回は曖昧な情報が多いですしね……。手分けして捜してみましょうか」

今のところ、それらしき姿は見当たらなかった。芽衣たちは本殿の周囲をそれぞれ逆方向に回り、巫女の気配を捜す。

そして、一人になった芽衣が周囲を確認しながら歩いていると、ふと目に留まったのは、本殿の横でひときわ強い存在感を放つ立派な御神木。

太く立派な幹と、大きく枝を広げた佇まいが長い歴史を感じさせ、近寄ると、なんだか神聖な空気に包み込まれるような心地がした。

「なんだろう……、不思議な雰囲気……」

思わず零れるひとり言。――すると、そのとき。

「こちらは、招霊木《おがたまのき》です。花の季節は終わりましたが、秋になれば、可愛らしい赤い実を付けるのですよ」

突如穏やかな声が響いて振り返ると、芽衣の背後に、白衣に緋《ひ》色の袴《はかま》を身につけた上品な女性が立っていた。

格好から察するに巫女のようだが、これまで会ってきた巫女たちとは雰囲気が少し違っている。

ヒトでいうなら五、六十代くらいだろうか、優しい微笑みを浮かべ、纏う空気が驚く程に柔らかい。

巫女は呆然とする芽衣の傍へゆっくり近寄ると、さらに笑みを深めて、招霊木の枝を指差した。

「その昔、天照大御神様が天岩戸へ隠れてしまったときには、天細女《あめのうずめ》様がこの枝を持って踊られたのです。それはそれは、大変な盛況だったとか。……天照大御神様が、気になって岩戸から顔を覗かせてしまうくらいに」

「岩戸隠れのときのお話ですか……。じゃあ、もしかして、それもオモイカネ様の策ですか……？」

「おや、よくご存知なのですね。その通りです」

なんだか、母親に褒められているような温かい感覚を覚えた。母親と触れ合った記憶なんてないはずなのにと、芽衣は不思議に思う。

しかし、そのとき。ふいに巫女が顔色を変え、芽衣の手を取った。そして。

「なるほど。……あなたは、穢れを祓いにいらしたのですね」

ドクンと心臓が大きく鼓動する。

「あの……、どうしてわかるんですか……？」

「……穢れの匂いでわかります」

巫女がそう言った瞬間、ずっと怪しいと思っていた翁の話が、芽衣の中で途端に真実味を帯びた。

一気に期待が膨らみ、芽衣は巫女の手を握り返す。

「……ってことは……、本当にここで穢れを祓えるんですか……？　マガツヒ様はどちらに……！」

しかし、前のめりな芽衣に対し、巫女はいたって冷静だった。意味深な表情を浮かべ、芽衣の手をぎゅっと握る。

「……穢れを落とせるか否かは、わかりません」

巫女から返ってきたのは、あまりに曖昧な言葉だった。

「わからないって、どういう……」

「落とせる穢れもあれば、落とせない穢れもあるでしょう。……そもそも、穢れとは次々と湧いてくる一方。落としても一時的なことではないでしょうか。だとすれば、ただただマガツヒ様たちを苦しめるのみ」

「え……？」

芽衣には、その言葉の意味がよくわからなかった。

困惑する芽衣を、巫女はまっすぐに見つめる。

ふいに、心の底から得体の知れない不安が込み上げ、芽衣は反射的に巫女の手を振りほどいた。――すると。

「……とても、見ていられないのです」

まるでひとり言のような呟きが響く。

誰のことを言っているのか、なんの話をしているのかすら、芽衣にはよくわからない。

ただ、なんだか責められているような気がして、無性に胸が痛んだ。——すると、そのとき。

ふと背中に体温を感じると同時に、甘い香りが漂う。

見上げると、天が芽衣の体を支え、巫女に鋭い視線を向けていた。

「……江田神社の巫女か」

「ええ」

「どういうつもりか知らないが、俺の連れに八つ当たりをするな」

「……八つ当たりなど」

巫女は着物で口元を隠し、悲しげに瞳を伏せる。

そして、本殿の裏を指し示した。

「……裏から北へ広がる森の中に、マガツヒ様たちはいらっしゃいます。……狐にとっては狭い森。会えるかどうかは知りませんが、どうぞ、存分にお探しになられてください」

巫女はそう言うと、音もなく姿を消す。

「ありがとう、ございます……」

口にしたお礼は届かず、辺りに虚《むな》しく響いた。

ほんの短い間だったけれど、巫女の言葉には多くの含みが感じられて、芽衣は戸惑う。

最初こそとても優しく穏やかに見えたけれど、巫女の瞳の奥に見えた、芽衣に対する不快感や拒絶を否定することができなかった。

「天さん……、私、八つ当たりされたんですか……？」

「……忘れろ」

天は巫女の思いを察しているのか、ぶっきらぼうにそう言う。

知りたいけれどなんだか怖くて、芽衣は口を噤んだ。

すると、天が芽衣の手を引き、本殿の裏へ向かって足を進める。

「嫌味な巫女だったが、マガツヒの場所を聞けただけで十分だ。さっさと行って捜すぞ」

「はい……」

頷きながらも、ふいに生まれた不安が心の中に居座っていた。

今は他のことを考えている場合ではないのに、巫女が口にした「とても見ていられない」という言葉が気になって仕方がない。

「……ぼーっとしてたら転《こ》けるぞ」

天は芽衣の心情を見透かしているかのように、そう言って歩調を速めた。

握られた手から伝わる体温が、いつもよりも熱い。

今の芽衣には、そこに込められた深い思いに寄り添うことでしか、不安定になりそうな気持ちを保つことができなかった。

やがて、本殿の真裏へ回ると、巫女から聞いた通り森へと続く道があり、芽衣たちは一度立ち止まる。

狭い森だという話だったけれど、辺りが暗く見通しが悪いせいもあって、まるで永遠に続く闇《やみ》の入り口のような異様さが漂っていた。

すると、天が眉を顰める。

「……この辺りは、神の世とヒトの世の境界がずいぶん曖昧だな。……お前のように、紛れ込む者もいるかもしれない」

「え、私みたいに……？」

「まあ、お前のように居続ける奴はかなり特殊で、普通はすぐに戻されてしまうものだ。……ヒトの世に、神隠しという言葉があるだろう」

「それって、行方不明になった人が、突然フラッと戻ってくるっていう……」

「もっとも、神の世での記憶は消されてしまうが」

「神隠しってそういうことだったんだ……」

言われてみれば、芽衣がかつて麻多智によって神の世から追い出されてしまったときも、神の世での記憶はまったく持たなかった。

あのときは、石長姫の導きによって神の世に戻ることができたけれど、あれがなければ、今頃どこでどんな生活を送っていたか想像もできない。

「この世での私の経験が、ただの神隠しになってた可能性もあるってことですよね。そう考えたら、いろんな神様に助けてもらったな……」

思わず呟くと、天は少し不満げに頷いた。

「……お前も散々助けてきただろう。もっと感謝されてもいいくらいだが、散々な仕打ちだ」

確かに、ただここにいたいという芽衣のシンプルな願いは、そう簡単には叶わないらしい。

天はそう言うと、森の奥へ向かって足を踏み入れた。

途端に、ひんやりと冷えた森の空気に包まれる。

歩きながら、芽衣は神の世とヒトの世の境目が曖昧だと言った、天の言葉の意味を実感した。

上手く言葉にはできないが、神の世での生活に慣れた芽衣には、ヒトの世に漂う独特な匂いがなんとなくわかる。

途端に言い知れぬ不安が込み上げたけれど、あまり余計なことは考えまいと、芽衣は天の背中だけを見て先に進んだ。

夜目がきく天は、昼間と変わらない速度で森をひたすら突き進む。

道は複雑に枝分かれしていたけれど、天の方向感覚が並外れていることは言うまでもなく、迷う心配はまったくなかった。

しかし、三十分程歩き続けた頃、天はふと足を止める。

「神の気配がまったく感じられない」

気配や匂いに敏感な天がそう言った場合、普段なら、迷う余地なくここに神はいないという結論を出すだろう。

しかし、今日に関しては、そう簡単に諦めるわけにはいかなかった。

「だけど……、巫女さんがさっき……」

「まあ、嘘をついている可能性もあるからな」

「そんな……」

「十分あり得るだろ」

確かに、巫女の様子を思い返せば、それも否定はできない。

ただ、巫女は天が狐だと気付いていたし、それなら鼻が利くことも当然知っているはずで、すぐバレる嘘をついても仕方がないように思える。

「もう少しだけ、歩いてみましょう……」

芽衣がそう言うと、天は不本意そうに頷いた。

「……こういうときに限って、信用できる情報がなさすぎる。……どいつもこいつも怪しい」

もはや、天は焦りを隠そうともしていなかった。愚痴を零しながら、ふたたび足を踏み出す。

もちろん、芽衣も焦っていた。

ただ、そのときの芽衣は、どんどん膨らむ不安とは裏腹に、少しずつ体が軽くなっていくような奇妙な感覚を覚えていた。

キッカケはおそらく、この森に足を踏み入れたこと。

最初は気のせいだと思っていたけれど、今はその違いが明確にわかる。

「……この森、なんだか不思議な感じがしません……？」

「不思議？」

天にはあまりその体感がないのか、首をかしげた。

「上手く説明できないんですけど、体が少しずつ癒されていくような感じがするんです……」

少なくとも、悪い心地でないことは確かだった。

すると、天はなにかを思いついたように芽衣の指先の傷に触れ、目を見開く。

「……熱が冷めてる」

言われてみれば、いつものような強い疼きがない。

ここ数日、ひたすら悪化の一途を辿っていたはずなのに、少し回復したように思える。

芽衣が首をかしげると、天がふいに周囲を見回した。

「……やっぱり近いのかもしれない。……マガツヒたちが」

「え……？　これって、マガツヒ様のお陰なんですか……？」

「もし近くにいるなら、多少の恩恵はあるだろう。気配もないのに奇妙だが、もしかしたらどこかに隠れて――」

突如、天が不自然に言葉を止める。

その瞬間、辺りの空気がピリッと張り詰めた。――そして。

「――ついに、気配がわからぬ程に埋もれてしまったか」

暗闇の中から、突如掠《かす》れた声が響く。

芽衣たちは同時に視線を向けた。

「……誰だ」

天の問いかけに返されたのは、弱々しい笑い声。

今にも力尽きてしまいそうなその声に、芽衣の緊張がわずかに緩んだ。

「どちらにいらっしゃるんですか……?」

こわごわ尋ねると、ふいに、道沿いの大きな木の根元に緑色の小さな光が灯る。

それは一つ二つと数を増やし、まるで蛍《ほたる》のようにゆっくりと宙に舞い上がった。

その正体を、芽衣はよく知っている。

やおよろずの庭や周囲の森でも当たり前に見かける、神様の癒しを求めて彷徨う魂たちだ。

つまり、魂が集まる場所には、必ず神様がいる。

「マガツヒ様ですか……?」

その名を口にすると、魂の光がさらに数を増した。

そして、ふたたび笑い声が響く。

「いかにもその通りだが……、ほう、お前はヒトか。……ヒトが私に会いにくるとは、珍しいこともあるものだ」

芽衣は、声がする方へとおそるおそる近寄る。

しかし、神様らしき姿はどこにも見当たらず、辺りに視線を彷徨わせた。——すると。

「ここだよ」

ずいぶん低い所から声が聞こえ、芽衣は視線を落とす。

しかし、やはり足元にはなにもない。

「あの……、どこに……」

芽衣は声が聞こえた場所に、必死に目をこらす。すると、木の根元の一部に酷くぬかるんだ場所を見付けた。

ぬかるみの表面にはいかにも粘度の高そうな泡が浮かんでいて、増えては弾《はじ》けを繰り返している。

それは泥というよりも、むしろへドロのように重々しく、芽衣は慌てて一歩下がった。——しかし。

「……おや、まだ見えぬかい？」

ふたたび声が響くと同時に、ぬかるみの泡が一気に弾け、表面が大きく盛り上がった。

驚いて後ろに倒れる芽衣の背中を、咄嗟に天が支える。

やがて、芽衣の目の前に現れたのは、ヘドロにまみれたなにか。

最初こそまったく見当もつかなかったけれど、表面のヘドロが流れ落ちるにつれ、それは徐々に人の形を象《かたど》っていく。そして。

「……こんなに夥《おびただ》しい量の穢れに覆われていたとは。……これでは、私の気配が消えてしまうわけだ」

ヘドロの塊《かたまり》の中から聞こえたのは、さっきと同じ声。

「まさか……、マガツヒ様、ですか……？」

状況的にそうと以外思えなかったけれど、こんなところにいるはずがないという思いから、語尾はつい疑問系になった。

すると、マガツヒはその見た目にそぐわない、優しい声で笑う。

「ああ。私はヤソマガツヒという。これでは顔も見えぬだろうが、嘘ではないから安心しておくれ」

ヘドロの隙間からかすかに覗く、宝石のように美しい目が芽衣を捕えた。

「そんな、疑いません……。けど、どうして……」

聞きたいことはいくらでもあるのに、上手く言葉にならなかった。

すると、ヤソマガツヒはヘドロにまみれながらも、ゆっくりとした動作で木の幹に背中を預ける。

その動作は、ヘドロのことなどまったく気に留めていないかのように、おそろしく悠長だった。

「どうして、か。……そのようなことを聞かれても困る。穢れを引き受けるのが私の役目だからな」

「これって、全部穢れなんですか……？」

「ああ、そうだよ。……こら、そう近寄るな。触ったらお前が穢れてしまう」

「……」

芽衣は絶句する。

もちろん、マガツヒたちが穢れを受け入れる神様であることはわかっていた。けれど、その姿は芽衣の想像とはまったく違う。

穢れを受け入れる役目を担うからには、すべての穢れを消し去ってしまえるような力を持っているのだろうと、芽衣は漠然と思っていた。

けれど、実際に目にしたヤソマガツヒは、引き受けた穢れのせいで明らかに不自由であり、上手く身動きすら取れていない。

「……ところで、私に会いにきたんだったね。……どうした？」

ヤソマガツヒは、いまだに呆然とする芽衣に優しく問いかける。

「あ、……はい。……私は芽衣といいまして……」

なぜか、語尾が震えた。

すると、ヤソマガツヒはふいに芽衣の指先に視線を留める。

「なるほど。穢れを受けたのかい？　しかも、それはヒト一人が抱えられる重みではないな。……可哀想に。さぞかし辛かろう」

「……そうなんです、けど……」

同情された瞬間、芽衣は、さっきからつい言葉が濁ってしまう理由に気付いてしまった。

ヤソマガツヒにさらに穢れを引き受けてもらうことに、罪悪感が生まれているのだと。

　しかし、ヤソマガツヒはそんな芽衣の心を見透かすかのように、目を細める。

「心配はいらぬ。……ヒト一人の穢れなど、増えたところでどうということもない。……しかし、祝詞がなければ祓えぬが……」

「祝詞なら、預かってきました」

　芽衣は懐から祝詞を書いた短冊を取り出した。

　すると、読みもせずにヤソマガツヒは頷く。

「ほう……。確かに言霊が宿っている」

「これって、本物、なんですか……？」

「間違いなく本物だよ。……ともかく、私にそれを唱えなさい。その後、弟のオオマガツヒに会い、同じことをするといい」

「あ……、でも……」

　祝詞が本物であることにまず驚いたものの、それよりも、祝詞を唱えるにはひとつ問題があった。

　祝詞を上手く読むことができなかった芽衣は、翁によって別の言葉にその力を込めてもらった代わりに、一度しか使うことができない。

「私の祝詞は一度しか使えないんです。なので、ヤソマガツヒ様とオオマガツヒ様がご一緒のときでないと……」

そう言うと、ヤソマガツヒは困ったように腕を組んだ。

「……しかし、私はここしばらくオオマガツヒの姿を見ておらぬのだ。捜《さが》そうにも、私はもはや自由に動けぬ」

「どこか別の場所へ行かれてしまったんでしょうか……?」

「いや、この森からは出ていないはずだ。……すまぬが、見付けてここへ連れて来てもらえぬだろうか」

「……わかりました」

ヤソマガツヒは、驚く程に協力的だった。

ただ、芽衣の心の曇りはどうしても晴れず、返事をしたものの、その場からなかなか動くことができなかった。

すると、ヤソマガツヒは溜め息をつき、天に視線を向ける。

「……狐よ、芽衣を早く連れて行きなさい。急がねば、穢れを祓うどころか、逆に呑まれてしまう」

「……ああ」

しばらく黙って聞いていた天は、我に返ったように瞳を揺らし、芽衣の腕をそっと引く。

芽衣はヤソマガツヒに頭を下げ、その場を後にした。

ふたたび森を歩く芽衣たちの間には、しばらく会話がなかった。

ようやく口を開いたのは、突如森が開け、小さな池が現れたときのこと。

最初に目に入ったのは「みそぎ池」と書かれた石板。

水面は水草で覆われ、池の中には紙垂《しで》が下がった杭《くい》が立てられ、普通の池でないことはその雰囲気から明らかだった。

「みそぎ池……」

「かつて、イザナギが禊を行った場所かもしれない。……にしても、ここもずいぶんヒトの世と神の世の堺《さかい》が曖昧だな」

「ここで、ヤソマガツヒ様とオオマガツヒ様がお生まれになったってことですね」

芽衣は池の縁に座り、ぼんやりと眺める。

すると、天も芽衣の横に並んで座った。

急かされると思っていたのに、少し意外だった。

思わず見つめると、天は腕を組み、眉間に皺を寄せる。

「……翁の言葉は嘘じゃなかったようだな」

「あ……、そういえば、そうですね……」

確かに、実際にヤソマガツヒと会って話をしたことで、芽衣は自分の穢れを祓う方法があることを実感した。

ここへ来ることを決めた当初は半信半疑で、嘘だったとしても仕方ないくらいに軽く考えていたけれど、そういう意味では少し拍子抜けとも言える。

しかし、天にほっとしている様子はなく、少し思い詰めた表情で芽衣を見つめた。

「……ただ、もっと厄介な別の問題が生じた気がする」

「え……？」

「芽衣。……お前、気乗りしてないだろ」

心臓がドクンと大きく鼓動を打つ。

その瞬間、自分でもあまり考えないようにしていた心の曇りが、たちまち明確になった。

確かに、ヤソマガツヒの悲惨な姿を見た瞬間、芽衣の心に強い迷いが生まれたことは否めない。

ヒトの穢れを引き受け続け、あんな姿になってもなお、ヤソマガツヒはとても優しく芽衣を労《ねぎら》ってくれた。

ヒト一人の穢れなど、増えたところでどうということもないと話していたけれど、それを聞いて安心できる程、芽衣は能天気にはなれない。

まさに天から指摘された通り、どうしても気乗りせず、心はすっかり萎《な》えてしまっていた。

芽衣のわかりやすい反応を見て、天は溜め息をつく。

ただ、いつもの天ならばすぐに怒りだしてもおかしくないのに、しばらく黙っていた。

そして、ふいに芽衣の手を取る。

「天さん……」

「……ずっと見てきたから、俺は、お前がなにを考えてるかわかる。……いっそわからない方がずっと楽だが」

「……」

「あのヤソマガツヒの姿を見て、同情してるんだろ。……お前があれを見て迷わないはずがない」

落ち着いた声が、逆に芽衣の心を締め付けた。

なかなか返事ができないでいると、天はわずかに俯く。

沈黙は、ずいぶん長く感じられた。

それでも、芽衣にはどう答えたらいいかわからなかった。

ただ、辺りはあまりにも静かで空気は澄み渡り、黙っていても、すべて見透かされてしまうような感覚を覚える。

すると、ふいに天が顔を上げた。

「神頼みをしたのは、生まれて初めてだった」

「え……?」

「……都合がいいな、俺は」

それを聞いて思い出すのは、江田神社の本殿で目を閉じる天の姿。

あれは神に祈っていたのだと知り、途端に胸が酷く痛んだ。

思えば、ここしばらくというもの、天はずっと焦っていた。普段は感情を表に出すことなんてほとんどないのに、芽衣ですら気付く程に。

もしかすると、心の奥の方では、芽衣には計り知れない程の焦りや葛藤を抱えていたのかもしれないと、――いつもは他人にも神にも頼らない天ですら、自分ではどうにもならないことに不安を覚えていたのかもしれないと、芽衣は思う。

「天さん……、オオマガツヒ様を、捜しましょう」

芽衣は、衝動的にそう口にしていた。

心が決まったわけではなかったけれど、天の思いを知ったことで、芽衣はとにかく立ち止まっていてはいけないという強い思いに駆られていた。

こんなにも深い願いをかけられているのだから、もはや選べないなんて言っている場合ではないと、そして、選ぶためにはまずオオマガツヒを捜し、きちんと選択肢を並べなければならないと、芽衣は覚悟を決めた。

天は芽衣になにも聞くことなく、静かに立ち上がる。

そして、二人はみそぎ池を後にし、ふたたび深い森の中へと足を踏み入れた。——ものの。

オオマガツヒの姿は、それからしばらく歩き回ったものの、一向に見当たらなかった。

不安なのは、オオマガツヒもヤソマガツヒと同じく、穢れにまみれて気配が曖昧になっている可能性があること。

巫女はこの森を狭いと言ったが、もし気配がないならば、どれだけ狭くとも見つけるのは困難になる。

そもそも、ヤソマガツヒを見つけられたことも、奇跡のようなものだ。

芽衣は鬱蒼《うっそう》とした草の中や木の上にまで注意を払いながら、オオマガツヒの姿を捜す。

しかし、ついに天が立ち止まり、考え込んだ。

「この森は謎に道が入り組んでるが、おそらく、ひと通り歩いたはずだ」

「だけど、いらっしゃらなかったですよね……。もしかして、見過ごしちゃったんでしょうか。ヤソマガツヒ様みたいに声を出してくれたらいいんですけど……」

ヤソマガツヒとオオマガツヒは、二柱のことを語る者たちの口ぶりからしても、ほぼ同一視されているような印象を受ける。

まるで、二柱で一柱の神であるかのような。

そう考えると、オオマガツヒもまた、ヤソマガツヒと同じように優しい神様であると想像できるし、だとすれば、ヤソマガツヒ以上の穢れに埋もれ、声すら出せないような状態に陥っていることも十分に考えられる。

「とりあえずもう一周しながら、今度はもっと道から外れたところまで確認してみましょう……」

芽衣がそう言うと、天は頷きふたたび足を進める。――すると、そのとき。

突如、頭上からガサッと不自然な音が響いた。

天は咄嗟に警戒し、芽衣を背中に庇《かば》う。

おそるおそる視線を上に向けると、頭上を覆う枝の一部が、不自然に大きく揺れていた。

「あの枝のあたり、変じゃないですか……？」

「……静かに」

たちまち空気が張り詰める。

しかし、固唾を呑んで様子を窺う芽衣たちの前に、突如、ひらひらと白いものが舞い落ちてきた。

天がそれを掴み取り、そっと手のひらを開く。

すると、手の上にちょこんと乗っていたのは、白く丸い花びらを持つ可愛らしい花だった。

「これはモッコクの花だ。……が、自然に落ちてきた感じじゃないな」

そう言われてよく見ると、確かに、花の根元に摘み取られたような形跡がある。

「でも、どうして……」

わけがわからず、芽衣は首をかしげた。

するとふいに天が警戒を解き、肩をすくめる。——そして。

「……おい。隠れてないで降りてこい」

突如、上を向いてそう声をかけた。

その気安い呼び方に、芽衣はふと違和感を覚える。すると、ふたたび枝がガサッと揺れ、枝の陰で小さな影が動くのが見えた。

「キッ」

同時に響く、聞き覚えのある甲高い鳴き声。

「え……？　まさか猩猩……？」

名を呼ぶと、夜中でも目を引く真っ赤な体が、音も立てずにふわりと地面に降り立った。

猩猩は手に持ったモッコクの花を、嬉しそうに芽衣の髪に差す。

「あ、ありがとう……じゃなくて、どうしたの……？」

芽衣はただただ混乱していた。

一方、天にさほど驚く様子はない。

「どうせずっと付けてたんだろ。……こいつなら気配を完全に消せるし、誰かに様子を見て来いとでも言われたか」

ない。

「でも、誰に……？」

そもそも、猩猩は普段あまり姿を現さないし、芽衣や天以外にはそこまで懐いてい
「キッ」

そのとき、天がふいに眉を顰める。

「というかお前……、相当な量の酒を飲んだろう。かなり酒臭いぞ」

芽衣にはそこまで匂いが伝わらないけれど、鼻が利く天の様子から察するに、どうやら猩猩は酒に酔っているらしい。

すると、猩猩は背負っていた風呂敷から大きな酒瓶《さかびん》を取り出し、芽衣たちの前に掲げて嬉しそうに笑った。

「持ち歩いてるし……。ってか、また天さんのお酒を盗んだの……？」

しかし、よく見れば、それは芽衣には見覚えのない銘柄だった。

首をかしげると、天は酒瓶に鼻を寄せる。

「……この酒瓶からあの女の匂いがする」

「え……？　あの女ってまさか……」

天が「あの女」なんて呼び方をする相手は、身近には一人しかいない。

「黒塚さん……?」

その名を口にすると、猩猩がキッと鳴いた。

どうやら正解らしいが、芽衣にとっては意外だった。

最近バタバタしていて黒塚の顔を見ていないし、今日だって出掛けの挨拶すらできていない。

それに、黒塚が猩猩を使ってまで芽衣たちの様子を確認させる理由が、いまいちよくわからなかった。

すると、天は猩猩の首元を撫でながら、不本意そうな表情を浮かべる。

「なんだかんだでお前のことを気にかけているからな。……表立って心配してくるような奴じゃないが、さしずめ、なにかあったら手助けできるようにと猩猩を酒で釣ったんだろう」

「……まあ、黒塚さんは私たちが過去を変えたことに勘付いてるみたいですし、恩を感じてくださってるのかもしれませんけど……。そのぶんは、もう十分過ぎるくらい返していただいたのに……」

「単純にお前を心配してるんじゃないのか。あの女も元はヒトだろう」

そう言われ、芽衣は瞳を揺らす。

天が言うように、黒塚は酷い運命に翻弄《ほんろう》されて妖と化したものの、かつてはヒトだった。ある意味、今の芽衣の状況をもっとも共感できる相手といえる。

「そう……なんでしょうか……」

「猩猩がここにいることがなによりの証拠だ」

確かにその通りだと芽衣は思った。

会えば嫌味を言われ、いつもモヤモヤさせられてばかりいるけれど、時折差し伸べられる手にどれだけ助けられたかは、わざわざ考えるまでもない。

「で、……隠れてたのにわざとらしく姿を現したってことは、なにか言いたいことがあるんだろ」

天は地面にちょこんと座る猩猩に、そう問いかける。

すると、猩猩はキッと短く鳴き、森の奥を指した。

「みそぎ池の方角だな。……そこならさっき行ったが、なにかあるのか」

「キッ」

「もしかして、オオマガツヒ様の気配とか……」

「キッ！」

「……本当に？」

みそぎ池にオオマガツヒがいたなんて、ついさっき行ったばかりの芽衣にとってはにわかに信じ難い話だった。

みそぎ池の周りは森が拓《ひら》けていて見通しもよく、なによりとても静かだったからだ。

しかし、芽衣の問いかけに猩猩ははっきりと頷き、天もまた、早速みそぎ池の方へ足を向けた。

「猩猩が言うなら間違いない。……行くぞ」

芽衣にはその差がよくわからないが、気配を察する力に関しては、自分の気配を完全に消すことができる猩猩の方が天よりもおそらく上なのだろう。

そういう面に関して、天は猩猩にかなりの信頼を置いているらしい。

芽衣は慌てて天の後に続く。

しかし、猩猩は酒瓶を大切そうに抱えて木に寄りかかった。

「天さん、待ってください……！　猩猩が……」

「好きなように飲ませておけ。……もう十分役に立ったし、すべて終わったら勝手に帰ってくるだろ」

「……そっか……」

納得したものの、終わったらという言葉に、ふいに心がざわめく。

これからみそぎ池に行き、大マガツヒに会えたとして、自分はいったいどうする気なのか、芽衣自身にもよくわからなかった。

けれど、黒塚の思いを知り、猩猩にまで協力してもらった今、なおさら立ち止まっているわけにはいかない。

みそぎ池に向かいながら、芽衣の心臓は不安な鼓動を鳴らしていた。

ふたたび訪れたみそぎ池は、さっきとなんら変わらず、とても静かだった。

芽衣たちはひとまずその周囲を歩きながら、辺りの気配に集中する。

しかし、あまり大きくないみそぎ池を一周するのはあっという間で、ふたたび元の位置に戻ってくると、天は静かに首を横に振った。

「やはり見当たらないな」

「どこかへ移動されたのでしょうか……」

「……いや、そう簡単に動けるとも思えない」

オオマガツヒがヤソマガツヒと同じような状態ならば、おそらく天の言う通りだろう。

しかし、現にまったく気配はない。

芽衣は池の縁にしゃがみ、水草の浮く水面をぼんやりと眺めた。

池の中にぽつんと立った紙垂の下がった杭が、なんだか物寂しい。

イザナギが穢れを祓ったという伝説の場所だと聞いてはいても、ぱっと見はなんの変哲もない池だ。

「……そういえば、イザナギ様の穢れって、私みたいに黄泉比良坂で受けられたものなんでしょうか。イザナミ様を連れ戻しに、黄泉まで行かれたっていうお話でしたし……」

芽衣はふと、大昔にここで行われたという、イザナギの禊の儀式の光景を想像し、そう呟く。

すると、天は首を横に振った。

「……いや、黄泉比良坂はあくまで黄泉の入り口であり、黄泉とはまた全然違う。黄泉は神ですら立ち入りを拒絶される程の、まったく別の世だと聞く。穢れはそこで受けたんだろう。もし、黄泉比良坂にイザナギが手を焼く程の穢れが満ちていたなら、足を踏み入れたお前はとっくに無事じゃない」

「……確かにそうですね。……っていうか、神様が生まれちゃう程の穢れって、どんなんだろ……」

イザナギが受けた穢れの大きさを想像すると、背筋がゾッと冷えた。

「……まだ、この池の底に溜まってたりして……」

まさかと思いながら、思わず水面にそっと触れる。——すると。

ふいに芽衣の視線の先に小さな泡が浮かび上がり、音もなく弾けた。

咄嗟に手を引っ込めて天を見上げると、天は怪訝《けげん》な表情を浮かべて水の中を覗き込む。

すると、ふたたび小さな泡が浮き上がった。

それは、浮かび上がっては弾けてをゆっくりと繰り返しながら、少しずつ大きくなっていく。

天はたちまち警戒心を滲ませ、芽衣の手を引いて池の縁から一歩下がった。

「なにかいるな」

「でも、魚かも……」

「……いや、違う」

違うと言い切られると、たちまち心に不安が広がる。

芽衣は慌てて天の背中に隠れ、少しずつ数を増やしていく奇妙な泡の様子を眺めた。

——そのとき。

突如、水面が大きく盛り上がったかと思うと、真っ黒いなにかが勢いよく飛び出し、激しく水飛沫を上げた。

「きゃぁっ……！」

思わず悲鳴を上げ、芽衣は両腕で顔を覆う。

早く離れなければと思うものの、急なことに気が動転し、体が硬直して動いてくれない。

ただ、天にも動く気配はなく、芽衣はふと違和感を覚え、背後から天の様子を窺った。

天はいたって冷静な様子で、池をまっすぐに見つめている。

「天さん……？」

「……」

名を呼ぶと、チラリと視線が向けられた。

けれど、天はふたたび池を見つめ、複雑な表情を浮かべる。

なんだか気になって、芽衣は天の背中からおそるおそる顔を出し、池の様子を確認した。

すると、さっき池から飛び出してきた真っ黒いなにかが、ぶるぶると全体を震わせながら、腕のようなものを伸ばして池の岸にしがみ付いていた。

その見た目に、芽衣は強い既視感を覚える。

「あれって……」

「……穢れに覆われてるな」

「まさか……、オオマガツヒ様、ですか……？」

もはや、思い浮かんだ答えを否定しようがなかった。

やがて、それは穢れの中から、芽衣たちに向けてゆっくりと手を差し出す。

芽衣は慌てて駆け寄り、その手を引いた。

すると、周囲に流れ落ちた穢れが、まるで触手を伸ばすかのように、ゆっくりと芽衣の体へと集まりはじめる。

その瞬間、天が芽衣を引き剥がし、代わりに差し出された手を掴んだ。

「天さん……！」

「……お前は触るな。下がってろ」

「でも……！」

「俺は触れてもさほど影響はない。……オオマガツヒ、早く出て来い！」

静かな森の中を、焦りを帯びた天の声が響く。

するると、オオマガツヒはようやく上半身だけ池から這い出て、その場にぐったりと倒れ込んだ。

ふいに穢れの隙間から覗いたのは、ヤソマガツヒとよく似た、宝石のようにキラキラと輝く瞳。

それは、芽衣たちをまっすぐに捕えると、優しく細められた。

「……すまぬ。これ以上は身動きが取れぬ」

「あ、あの……、オオマガツヒ様ですよね……？」

「いかにも、私はオオマガツヒだ。お前たちやら猿やらが次々と捜しに来ていたことには気付いていたが、池に落ちたきり、動けなくなっていたのだ」

「ずっと池の中にいらっしゃったんですか……？　いつから……」

「いつだっただろうか。……多分、昨日かおとといか……。穢れがあまりに重く、ほんの半刻休んだつもりが起きたら動けず、池に流れ込む穢れに巻き込まれて一緒に落ちた」

「そんな……」

奇想天外な話だが、オオマガツヒはあっけらかんと話す。

そういうところも、ヤソマガツヒとよく似ていた。

「ところで、私に用があるのは……、そこのヒトの方かな？」

「はい、芽衣といいます。用は確かにあるのですが……」

言い淀むと、オオマガツヒは芽衣の指先に視線を向け、目を大きく見開く。

「……なるほど、その穢れを落としたいのか。ヒトでありながらそれ程の穢れを受け、さぞかし苦しかったろう。よく耐えたな」

「……ありがとう、ございます」

やはり、オオマガツヒはヤソマガツヒと同じくとても優しく、芽衣はなんだか胸が詰まった。

自分たちは身動きが取れない程に穢れにまみれているというのに、労われると、ほっとするよりむしろ苦しい。

しかし、オオマガツヒは地面に倒れ込んだまま、芽衣に手招きをする。

「すぐに貰ってやろう。祝詞は持っているかい？」

「……はい。ただ、事情があって、私の祝詞は一度しか使えないんです。なので、ヤソマガツヒ様とオオマガツヒ様がご一緒のときでないと……」

「ほう。それは困ったな」

オオマガツヒは、表情を曇らせた。

確かに、オオマガツヒにヤソマガツヒの場所まで移動してもらうのは、かなり無謀に思える。

「では……、ヤソマガツヒ様にこちらにお越しいただけないか、お伺いしてきてもいいですか……？」

ヤソマガツヒもかなり動き辛そうではあったものの、オオマガツヒの状態を見てしまった後では、ずっとマシなように思えた。

するとオオマガツヒはパッと表情を明るくする。

「おお、連れて来てくれるか。……奴と顔を合わせるのは久しぶりだ。……とても嬉しい。お前が来てくれたお陰で、思わぬ幸運だ」

「そんなこと言わないでください……。私は、お二人にさらに穢れを背負わせようとしているのに」

「それはそれ、これはこれだろう。私たちは穢れを引き受ける役割なのだから、お前が気にすることではない」

「……ありがとうございます」

優しい言葉をかけられるたび、胸がずっしりと重くなった。

いっそ、自分勝手だと罵られた方がマシだと思わずにいられない。

ただ、オオマガツヒは、ヤソマガツヒと再会できることを本当に嬉しそうにしていた。

それを言い訳にするかのような後ろめたさがありながらも、芽衣はひとまずヤソマガツヒを連れて来なければと思い、天に視線を向ける。

なにも言わなくても、天はゆっくりと頷いた。

「……では、ヤソマガツヒ様をお連れしますので、少しお待ちくださいね」

「ああ、楽しみにしている。また落ちぬようなんとか踏みとどまっておこう。気を付けて行っておいで」

「行ってきます……」

芽衣たちはみそぎ池を後にし、ふたたびヤソマガツヒの元へ向かう。

悩む間もないまま次々とことが進行していくような不安に駆られ、芽衣はなんだか落ち着かなかった。

思えば、ここへ来ることを決めた時点では、翁の言葉は信用できず、マガツヒたちの存在すら曖昧で、藁をも掴むような気持ちだった。

そう考えれば、江田神社へ着いてからこれまで、すべての流れが想定していたよりもずっとスムーズに進んでいる。

明らかに順調なのに、芽衣は心だけが置いてきぼりになっているような感覚を拭えないでいた。

天はなにも言わず、少し前を歩く。

今なにを考えているのか知りたいけれど、聞くのはなんだか怖かった。芽衣は結局なにも言わず、ヤソマガツヒの元へ向かう。

そして、間もなく見覚えのある場所に着くと、木々がザワザワと大きく枝を揺らした。

辺りを見渡すと、暗闇の中でヤソマガツヒの美しい目だけが光っていて、芽衣は急いで駆け寄る。

「ヤソマガツヒ様……、今戻りました」

「芽衣よ、おかえり。オオマガツヒは見つかったかい？」

優しく迎え入れられ、芽衣は戸惑いながらも頷いた。

「はい。みそぎ池にいらっしゃいました。ずいぶん前に落ちてしまって、それ以来なかなか出られなかったそうです」

「はは！　それはまた、なんともオオマガツヒらしく面白い話だ。池の中にいたとは、さぞかし退屈な日々を過ごしていたことだろう」

「……ヤソマガツヒ様のことをお話ししたらとっても喜ばれて、会いたがってらっしゃいました」

そう伝えると、ヤソマガツヒは嬉しそうに目を細める。

「そうか。会えるなら私も嬉しいが……、しかし、肝心のオオマガツヒは一緒じゃないのかい？」

「それが、たくさんの穢れに埋もれていらっしゃって……。お連れすることができませんでした。なので、ヤソマガツヒ様をみそぎ池にお呼びしようと、お迎えに上がったんです」

芽衣が事情を説明すると、ヤソマガツヒはしばらく考え、それからゆっくりと体を動かした。

「ふむ……、一応動きそうだな。オオマガツヒがそのような状態ならば、私が向かうしかないね。……しかし、ずいぶん長いこと動かなかったせいで、全身がおそろしく硬い。時間がかかってしまうかもしれぬが……」

「そんなの、大丈夫です……。それよりも、私のお願いのせいで、大変なことをさせてしまって……」

「なに、私たちも互いの顔を見たいのだ。芽衣のせいではないよ」

何度も与えられる思いやりに、胸の痛みがさらに蓄積していく。

芽衣は、苦しさを抑えてゆっくりと頷いた。

「ありがとうございます……。なにか私にお手伝いできることがあれば……」

「いや、芽衣は危ないから、少し離れていなさい。……では、そこの狐に手伝ってもらおうかな」

指名され、天は頷き手を差し出す。

すると、ヤソマガツヒは天に支えられながらゆっくりと立ち上がった。

少し体を動かしただけで、まとわりついた穢れがドロドロと動き、地面に広がっていく。

穢れは相当重いようで、ヤソマガツヒは辛そうに背中を曲げたまま、ようやく一歩足を踏み出した。

「大丈夫ですか……?」

「遅くてすまないな。いつの間にこんなに溜まってしまったのやら」

相変わらず、口調は軽い。

けれど、踏み出した足は震えている。

手助けをしたいのに、芽衣が穢れを受けてしまえば余計に面倒をかけてしまうと思うとそれもできず、なんだかもどかしかった。

それでも、ヤソマガツヒは嬉しそうに目を細め、ふたたび一歩を踏み出す。

その姿は、まるで少年のようだった。

「恨んだりしないんですか……？」

つい口から零れたのは、ずっと頭の中にあった疑問。

ヤソマガツヒは、芽衣の方を振り返って小さく首をかしげる。

「……恨むとは？」

「ヤソマガツヒ様たちはなにも悪くないのに、身動きが取れなくなってもなお、穢れを引き受け続けるなんて……。穢れって、ヒトから生まれるんですよね。恨まれてもおかしくないのに、どうしてそんなに優しいんだろうって……」

思わず感情が溢れ、語尾が震えてしまった芽衣を、ヤソマガツヒはまっすぐに見つめた。

目しか見えないけれど、それは小刻みに揺れ、戸惑っているようにも悲しんでいるようにも見えた。

芽衣は感情を抑えられず、ふたたび言葉を続ける。

「穢れを引き受ける役割って、なんなんでしょうか……。そんな役割、おかしくないですか……？　私には、よくわからないんです。そんなにお辛そうなのに、どうしてお二人ばかりが……」

「……芽衣」

とりとめもなく溢れる言葉を止めたのは、天。

その声は、これまでに聞いたことがないくらいに苦しげだった。おそらく、芽衣の迷いが膨らんでいることに気付いているのだろう。

すると、ヤソマガツヒは、まるで宥めるように天の背中に触れた後、芽衣に視線を向けた。

「ヒトとは、ほんの束の間の命をまっとうする間に幸福を知り、不幸を知りと、様々な経験を重ねるとても尊い存在だ。それだけ詰め込めば、常に心穏やかというわけにはいかず、穢れくらいは生まれるだろう。そして、我々はヒトの一生にほとんど干渉することができず、手を貸してやることもできぬが、穢れを貰ってやることはできる。……それくらいの癒しがあってもよいとは思わないかい？」

「……でも」

「そもそも、すべての神々は求められてこそ存在意義がある。ヒトがいて、我々が存在する」

「……」

芽衣は、それ以上なにも言えなかった。

神様たちは皆そう言うし、それはおそらく、ヒトである芽衣には理解できない領域なのだろう。

つまり、芽衣には一生知り得ないことだ。――けれど。

「じゃあ……、お二人のことは、誰が癒してくれるんですか……？」

なかば無意識に、疑問が零れ落ちた。

その瞬間、ヤソマガツヒの目が大きく揺れる。

訪れた、沈黙。

それは、永遠のように感じられる、長い沈黙だった。

静まり返った森の中、聞こえるのは、高揚した自分の鼓動だけ。

次第に、出過ぎたことを言ってしまったかもしれないという不安が、心に広がりはじめる。

しかし、突如沈黙を破ったのは、ヤソマガツヒの楽しげな笑い声だった。

「私の癒し、か」

「ヤソマガツヒ様……？」

ポカンとする芽衣を他所に、ヤソマガツヒはしばらく笑い続ける。そして。

「心配してくれたのかい？　噂には聞いていたが、面白いね」

「噂……？」

「いや……、すまぬ、こちらの話だ。……芽衣、私の癒しは、オオマガツヒだよ。私たちは、二人で生まれた。互いに互いを癒すために」

「オオマガツヒ様が……？　でも……」

頭に浮かぶのは、ヤソマガツヒ以上の穢れを背負う、オオマガツヒの姿。

二人ともが穢れに押し潰されそうになっている姿を目の当たりにしている芽衣は、その言葉を聞いても納得することができなかった。

しかし、ヤソマガツヒはそれ以上なにも言うことなく、みそぎ池の方へ視線を向ける。

「とにかく、会いに行こう。オオマガツヒが私の傍にいれば、なんの問題もない。芽衣にもきっとわかる」

「……わかりました」

モヤモヤした気持ちは募る一方だったけれど、そう言われてしまうと、芽衣にはもう頷くことしかできなかった。

ふたたび、ゆっくりと一歩ずつ足を進めるヤソマガツヒの後ろを、芽衣は少し離れて歩く。

ヤソマガツヒの一歩一歩はとても重く、進むたびに、引き摺《ず》っている着物の裾が、道に真っ黒の跡を残した。

ずいぶん長い時間をかけ、ようやくみそぎ池が見えたのは、空が白みはじめた夜明け頃のこと。

目線の先に、光を受けてキラキラと輝くみそぎ池が見えた瞬間、ヤソマガツヒの足取りが、わずかに軽くなった。

「ああ……、オオマガツヒよ……」

いち早くオオマガツヒの姿に気付いたのは、ヤソマガツヒだった。

視線を向けると、別れたときと同じように池の縁で地面に倒れ込む、オオマガツヒが見える。

ヤソマガツヒは、一歩近寄るごとに目を潤ませた。

オオマガツヒもまた、ヤソマガツヒの存在に気付くやいなや、ゆっくりと上半身を起こす。

「おお……、ヤソマガツヒ、いったいいつぶりだろうか……」

それは、互いが互いを必要としていることがよくわかる一幕だった。

よほど久しぶりなのだろう、ようやく再会を果たしたマガツヒたちは、力強く抱き合う。

芽衣は、その光景を黙って見守っていた。

すると、役目を終えた天が芽衣の傍へ来て、小さく息をつく。

「何十年か、下手したら何百年ぶりかの再会だな」

「……本当に、会えてよかったですね」

芽衣と天の間に、それ以上の会話はなかった。

しかし、そのとき。ふいに芽衣の指先が激しく疼きはじめる。

見れば、指先の傷はさらに悪化していた。表面はまるで岩のように固く、もはや触れても感覚がない。

そろそろ限界なのだろうと芽衣は思う。

すると、芽衣の異変に気付いたマガツヒたちが、二人同時に芽衣に視線を向けた。

「そうだ。芽衣の穢れを引き受けてやらねばならぬ」

「芽衣は恩人だ。早く祝詞を読み上げるといい」

同時にそう言われ、芽衣は戸惑う。

しかし、ふいに天に背中を押され、芽衣は二人の前に立った。

黒い塊の中から、四つの美しい目が芽衣を捕える。

芽衣は、翁から授かった祝詞の短冊を懐から取り出した。

「さあ、早く唱えなさい」

「すぐに疼きは消えるだろう」

マガツヒたちは、優しく芽衣を急かす。

芽衣は頷き、短冊の文字に視線を走らせた。

そこに書かれているのは、「マガツヒ様、私の穢れを祓っていただけませんか」という、短い文章。

「マガツヒ様……」

声を出した途端、辺りの空気がぴんと張り詰めた。

翁がくれた祝詞に正しく効果があることを、芽衣は改めて確信する。――しかし。

「私の……、穢れを……」

「どうした？」

「……」

「早く続きを」

言いかけたものの、それ以上言葉が出てこなくなってしまった。

マガツヒたちは首をかしげる。

そして、背後から伝わる、天からの祈るような視線。

思えば、天は芽衣の迷いを明らかに察していながら、なにも言わなかった。

いつになく焦りを露わにしていながらも、強要するような言い方は一度もされていない。

迷う芽衣を見て、天がいったいどんな気持ちでいたのか、想像すると胸が痛くなった。

もし逆の立場だったなら、絶対にそんなことはできないと芽衣は思う。

けれど、それがわかっていても、祝詞は喉の奥で固まってしまったかのように、出てきてくれなかった。

「芽衣？」

「なにを迷っている」

ふたたびマガツヒたちが芽衣を急かす。

視線を上げると、マガツヒたちは寄り添い、真っ黒の穢れにまみれて一つの塊となっていた。

ヤソマガツヒが言ったように、芽衣一人ぶんの穢れを引き受けたところで、おそらくマガツヒたちにたいした影響はないのだろう。

一方、自分は命に関わるのだと、天や皆を悲しませてしまうのだと、芽衣はたくさんの言い訳を頭に並べる。――けれど。

「……やっぱり、やめます……」

芽衣にはどうしても、最後まで祝詞を唱えることができなかった。

マガツヒたちが、宝石のような目を大きく見開く。

張り詰めていた空気は緩み、辺りは静寂に包まれる。

芽衣には、天の表情を見ることができなかった。

やがて、ヤソマガツヒがゆっくりと口を開く。

「……芽衣は、私たちのことを案じているのかい？」

それは、ごく単純な質問だった。

ただ、芽衣の答えは、質問のように単純ではなかった。

「それもあります。けど、それだけじゃなくて……、どうしても、自分を納得させられないんです」

「納得、とは」

「初めてお二人の存在を知ったときは、あまり深く考えていませんでした。……そもそも、最初は誰かに穢れを押し付ければよいと勧められ、それは無理だと答えたんです。……けど、穢れを引き受ける役割の神様がいると聞いたときに、それならいいと思いました。そういう役割としてお生まれになった神様なら、穢れを押し付けても大丈夫だろうって」

「芽衣、その通りだ。お前は間違っていないよ」

「……けど、実際にお会いして、わからなくなったんです。穢れを引き受ける役割って、どういうことなんだろうって。実際にお二人は苦しそうで、身動きも取れなくて、それでも当たり前に私の穢れを引き受けると言ってくださって。……お二人にならな渡しても構わないなんて、思えないんです」

ただのヒトである自分が神様たちの役割を否定するなんて、きっと思い上がりなのだろうと、芽衣は自覚していた。

芽衣一人がどうこう言ったところで、マガツヒたちがこれから先、なにも変わることなく存在し続けることもよくわかっている。

けれど、どんなに自問自答しても気持ちは変えられなかった。

すると、悩む芽衣を見かねてか、今度はオオマガツヒが口を開く。

「その指先の穢れは我々にとっては些細なものだが、おそらくお前にとっては致命的なものだ。それだけ震えていながら、下手に意地を張ってもよいことなどないだろうに。それとも、我々に穢れを押し付けるくらいなら、自分はどうなってもよいと言いたいのかい？」

その瞬間、ふと、同じことを問われた記憶が頭を過る。

思い出すのは、イシコリドメに八咫鏡を借りにいったときに交わした問答。

あのとき、イシコリドメは芽衣に、〝自分を守り竜を見殺しにするか、それとも、お前が最悪だと言った自己犠牲のきれいごとでそこの狐を苦しませるか〟という選択を迫った。

それは、自分はどうなってもいいなんて最悪な考え方だと口にした芽衣の、矛盾を追及するために投げられた選択肢だった。

どうしてこうもくり返し同じ選択に直面しなければならないのだろうと、芽衣は目眩を覚える。

ただ、それでも、やはり答えは同じだった。

「ある方から矛盾してると言われましたが、私は自分がどうなってもいいなんて、思ってないんです……。どっちも選べないなら、無理やりにでも、別の選択肢を見つけるだけなんです」

「……ほう」

「そんなのは、自分の醜さを見たくないから並べたきれいごとだとも言われました。いつか、そうやって避けてきた自分の醜さと向き合わねばならないときがくるって。……でも、もし今がその機会だとしても、やっぱり自分がこれまで選んできたものすべてを否定することはできません。そんなことができるなら、もっとずっと前にやってると思います。……私なんて、神様たちにとっては小さな存在かもしれないけど、私にだって信念があるんです」

思わず、語調が強くなった。

まるで自分に言い聞かせているようだと芽衣は思う。

そうすることで、心の片隅にある、いっそ穢れを全部渡して楽になりたいという気持ちを振り払ってしまいたかった。

「……別の選択肢か。あくまで我々には頼らぬと?」

ヤソマガツヒが口にした、最終確認のような問いかけが心に重く響く。

芽衣はそれを噛み締めながら、ゆっくりと頷いた。――すると。

「なら、……行くぞ、芽衣」

「え……？」

突如、天が芽衣の手を引いた。

急なことに動揺する芽衣を他所に、天はその場から立ち去りながら、ただまっすぐ前だけを見ていた。

「天さん……？」

「別の選択肢を探すんだろう。誰がなんと言おうと、それがただの御託《ごたく》じゃないことを俺は知ってる。……だったら、急がないと時間がなくなる」

天は、なにも言わずに芽衣の決断を受け入れてくれているのだ、と。

そう実感した途端、瞼の奥が熱くなった。

「……すみません……」

ただただ申し訳なく、でも嬉しくて、涙声で謝る芽衣の手を天がぎゅっと握りしめる。

「謝るな。諦めてないんだろ」

「……はい」

芽衣は何度も頷きながら、天が一緒で本当によかったと心から思った。――すると、そのとき。

「芽衣よ、待ちなさい。……そう慌てるな」

背後から、ヤソマガツヒの声が響く。

咄嗟に振り返ると、マガツヒたちは目を細め、芽衣たちに手招きをした。

「天さん、呼ばれてます……」

「……時間がないと言っているのに」

天は苛立ちを隠しもせず、渋々踵を返す。そして、芽衣たちはふたたびマガツヒたちの前に立った。

「どうなさいました……？」

芽衣が尋ねると、マガツヒたちは顔を見合わせ、満足そうに笑う。

「ずいぶん久しぶりに兄弟と再会でき、二人には感謝している。まだ礼ひとつしておらぬのに、そう慌てて帰ることもないだろう」

「お礼なんて……、勝手に来ただけですし。……というか、時間が……」

神様たちの多くはおそろしく気が長く、ヒトからすれば酷く悠長だということを、芽衣は嫌という程知っている。

ただ、今日に関しては呆れている暇すら惜しく、芽衣はソワソワしながら首を横に振った。

するとヤソマガツヒは意味深に笑う。

「……いや、受け取っておいた方がいい」

「え……？」

突如声色が変わり、たちまち心に過るただならぬ予感。——そして。

「——イシコリドメよ。……もうこれ以上虐《いじ》めなくともよいだろう。十分満足したはずだ」

突如、ヤソマガツヒが宙に向かって呼びかけたのは、ここにいるはずのないイシコリドメの名前。

「イシコリドメ様……？」

わけがわからずにポカンとしていると、突如、上空から目を開けていられないくらいの激しい光が降り注いだ。

あっという間に視界が奪われ、酷い目眩に襲われた芽衣の背中を、咄嗟に天が支える。

「この光……って」

混乱しながらも、芽衣はこの強い光に覚えがあった。

こんな光を放つものは、八咫鏡か、形代以外にないと。

つまり、理由はともかく、ここにイシコリドメが来ていることは疑いようがなかった。

やがて光が徐々に収まり、芽衣はおそるおそる目を開ける。

しかし、最初に目に入ったのはイシコリドメではなく、息を呑む程に美しい着物を纏った二人の男神だった。

予想もしなかった光景に、芽衣はふたたび混乱する。――しかし。

二人の宝石のように美しい目を見た瞬間、この二人は、ヤソマガツヒとオオマガツヒなのだと確信した。

しかし、さっきまで二人を分厚く覆っていた穢れは、もはやどこにもない。

「これは、どういう……」

質問すら、うまく言葉にならなかった。

さすがの天ですら、理解ができないとばかりにマガツヒたちを見比べている。そして。

「すまない。イシコリドメに頼まれ、芽衣を試させてもらった」

「え……？」

「イシコリドメが〝綺麗事ばかり言う生意気なヒトの本性を見てみたい〟と言い出したのは、ほんの数日前のこと。……あまりに退屈していたものだから、面白そうだと思いつつい話に乗ってしまったのだ」

「……」

聞いても、今ひとつ状況が把握できなかった。

すると、呆然とする芽衣たちの前に、見覚えのある姿がふわりと降り立つ。それは、忘れもしないイシコリドメだった。

「おや、ずいぶん混乱しているようだ」

イシコリドメは、芽衣を見つめて楽しげに笑う。同時に、「試す」と口にしたヤソマガツヒの言葉が頭を過った。

「あの……、試したっていうのは、つまり……」

聞きたいことは限りなくあった。ただ、そのときの芽衣がなにより気になっていたのは、マガツヒたちのこと。

「穢れで身動きが取れなくなっていたのは、嘘だったってことですか……？」

身動きが取れないマガツヒたちを見たとき、芽衣の胸は酷く痛んだ。だからこそ、自分の穢れを渡すなんて、とてもできないと思った。

もしそれが嘘だったならと考えた途端、ほっとする気持ちもありながら、あまりにも酷いという悔しさが込み上げてくる。

しかし、みるみる目に涙を溜める芽衣を見てもなお、相変わらずイシコリドメは笑っていた。

神様を相手にこんな感情を抱くべきでないと思いながらも、抗えない勢いで怒りが膨らんでいく。――しかし。

「……イシコリドメよ、もうやめてくれ」

芽衣の様子を見たオオマガツヒが、突如二人の間に割って入った。そして、申し訳なさそうに瞳を揺らす。

「芽衣よ、……すまなかった。だが、少し誤解がある。穢れを引き受けすぎて、身動きが取れなくなっていたのは嘘ではない。……ただ、我々兄弟は、互いに互いの穢れを洗い流すことができるのだ」

「洗い、流す……？」

「そうだよ。穢れが溜まれば会い、みそぎ池の底に流している。そして、みそぎ池には、穢れが出てこられぬよう封印をしているのだ」

オオマガツヒはそう言うと、紙垂の下がった杭を指差した。

芽衣はふと、互いが互いを癒すために二人で生まれたという、ヤソマガツヒから聞いた言葉を思い出す。

「互いが癒しだっていう言葉……、比喩《ひゆ》だと思ってました……」

「いや、違う。……もっとも、イシコリドメが訪ねてきたときにはすでに穢れを抱えすぎていて、すぐに落とさなければ危険な状態だったことは確かだ。イシコリドメはそれを利用すると言ったが、芽衣が助けてくれなかったなら、我々の再会は果たされないまま穢れに飲まれてしまっていたかもしれぬ」

「……オオマガツヒの言った通りだ、芽衣。とはいえ、苦しい思いをさせて申し訳なかった。……そして、お前の心は十分にわかったよ。極限まで追い詰められているというのに、芽衣は我々に穢れを押し付けることも、自分を犠牲にすることも選ばなかった」

マガツヒたちが必死に芽衣を宥める姿は、恐れ多くも、まるでヒトのようだと思った。

少し気持ちが落ち着き、芽衣は涙を拭う。すると。

「やれやれ、すべて話してしまったか。……もはや妖になる寸前まで観察していようと思っていたのに、計画が台無しだ。つまらぬ」

ふいに響き渡ったイシコリドメの言葉に、たちまち苛立ちが込み上げた。今度こそ気持ちが抑えられず、芽衣はイシコリドメを睨みつける。

「酷い……、どうしてそんな……」

しかし。

「――芽衣、待て」

芽衣を止めたのは、天。

天はいたって冷静だった。いつもなら天の方が先に怒りだすところなのにと、芽衣は違和感を覚える。

すると、天はわずかな沈黙の後、イシコリドメに視線を向けた。そして。

「……翁を芽衣のところへ向かわせたのは、あんただろ」

思いもしない言葉に、芽衣は目を見開く。

「……ほう。どうしてそう思う？」

イシコリドメは、意味深に笑った。

天は表情を変えず、言葉を続ける。

「言霊を司る神の話を聞いたことがある。……天児屋根命《あめのこやねのみこと》という名で……、確か、天照大御神の岩戸隠れのときに、祝詞を詠《よ》んだ神だ。同じく岩戸隠れのときに八咫鏡を作ったイシコリドメとは、旧知の仲だろう」

「なるほど。……それで？」

「祝詞とは言霊が宿る特別なもので、そう簡単に扱えるものではないはずだが、芽衣に託された祝詞は本物だった。つまり、芽衣が出会った翁は、おそらく、アメノコヤネ。……あんたは、最初から芽衣を手助けするつもりでアメノコヤネやマガツヒを巻き込み、この計画を考えたんじゃないのか」

天が言い終えると、辺りがしんと静まり返った。

イシコリドメは肯定も否定もせず、相変わらず笑みを浮かべている。

「本当……ですか……？」

芽衣が問いかけると、イシコリドメは小さく肩をすくめた。

「残念だが、私はそんなに優しくない」

それは、否定を意味する言葉のように取れたけれど、天は言葉の続きを促すかのように、黙ってイシコリドメを見つめる。

すると、イシコリドメはついに観念したのか、長い溜め息をついた。――そして。

「あれはお前たちが八咫鏡の形代を返しに来た後のことだったか、……天照大御神の使いがやってきて、知恵を貸してほしいと言われたのだ」

「天照大御神様が……」

「聞けば、天照大御神は神の世に迷い込んだ異質なヒトに執着し、心を痛め、直々に手を尽くそうとしているという。……あまりに勿体《もったい》なく、許し難いことだ。……その上、その相手こそ、私に甘っちょろいことを言っていたヒト、芽衣であると。……ただ、そもそも私は追い詰められた芽衣が究極の二択を迫られたときにどんな選択をするのか、興味があった。いよいよ自らの命が危うくなってもなお、本当に新しい選択肢を選ぶと豪語するのかと。だから、条件を出した。助け舟は出すが、それは一筋縄ではいかぬ方法であると。そして、もし芽衣の行動が私への言動と矛盾していたときは、私が芽衣をヒトの世に追い払うと」

「それで……、穢れにまみれたマガツヒ様たちのお姿を見せて、私の行動を観察していたんですか……」

「そういうことだ」

マガツヒたちが止めなければ、おそらくこの計画はまだ続く予定だったのだろう。追い込まれた芽衣が、なにを犠牲にするか見届けるために。

現時点でも胸が張り裂けそうだったというのに、これ以上の状況を想像すると、震えが走った。

そうなったときの決断なんて、芽衣自身ですら予想できない。あっさりとマガツヒに縋る可能性だってある。

そんなふうに試されていたのだと思うと、とても複雑な気持ちだった。

呆然と立ち尽くしていると、マガツヒたちが傍へ来て芽衣を囲み、心配そうな表情を浮かべる。

「可哀想に。……そもそも私は最初から気乗りしていなかった。穢れにまみれた我々を一目見た瞬間から、もはや芽衣の心は決まっていたのだろう」

「その通りだ。それでも仲間の思いを無碍にできず、苦しむ姿はとても見ていられなかった。イシコリドメは本当に残酷なことを考える」

「もっと早く明かせばよかった。芽衣よ、すまない。この通りだ」

交互に芽衣を宥めるマガツヒたちを見ながら、イシコリドメはうんざりした表情を浮かべた。

しかし、ふいにくるりと背を向ける。

「……まあ、ともかく。……私の退屈しのぎはもう終わりだ。さっさと穢れを祓えばよい。……狐が言ったように、祝詞は本物だ。アメノコヤネの力が宿っている」

「イシコリドメ様……」

「――ちなみに。この提案をしたときに、天照大御神はわずかな迷いも感じさせぬ程にはっきりと、芽衣なら必ずやり遂げると言った。……実際はかろうじて及第点だが、まあ結果は結果。まだまだ気に入らないところだらけだが、それはまた退屈しのぎに見極めてやるとしよう」

「……」

また試されるのかと思うと、芽衣は恐怖で萎縮した。イシコリドメは言葉も出ない芽衣の反応を笑い、ふわりと宙に浮く。

「あ、待っ……」

お礼を言わなければと、芽衣が名を呼びかけた、そのとき。

「イシコリドメ」

先に呼び止めたのは、天だった。

ふいに、イシコリドメが振り返り、天を見下ろす。

「なんだ。大事な娘をいじめた苦情かい？」

イシコリドメは、この期に及んで楽しげに天を煽った。しかし、天はいたって冷静な表情で、首を横に振る。——そして。

「……感謝する」

静かに、そう言った。

途端に、芽衣の胸がぎゅっと震える。

イシコリドメもまた、虚をつかれたようにポカンとしていた。

しかし、すぐに表情を戻し、にやりと笑う。——そして。

「……初めての狐の祈りは、どうやら叶ったね」

そう言い残し、ふわりと姿を消した。

辺りに、清々しい風が通り抜ける。

芽衣は、イシコリドメが消えた場所をしばらく呆然と見つめていた。

やがて、マガツヒたちが同時に芽衣の肩に触れる。

「……さあ、では始めようか」

「……」

「おや、この姿を見てもまだ迷うかい？」

二人の視線に挟まれ、芽衣は途端に我に返った。

「……あの、……私は、これからもヒトでいられるってことですか……？」

芽衣はいまだに信じられない気持ちで、おそるおそる問いかける。

すると、マガツヒたちは顔を見合わせ、それから大きく頷いた。

「もちろんだ。最初に言った通り、芽衣の穢れを祓ってやったところでどうということもない。おまけに、今は兄弟が揃っているから、穢れはすぐにみそぎ池に沈めてしまえる。安心して祝詞を唱えなさい」

「……わかりました」

芽衣は頷き、懐から短冊を取り出す。

すると、天が寄り添い、芽衣の指先の傷を手のひらで包み込んだ。

「……マガツヒ様。私の穢れを……」

途端に、空気がぴんと張り詰める。

マガツヒたちの目が、キラキラと美しい輝きを放った。

「――祓って、いただけませんか」

言い終えた途端、突如、視界が真っ白になる。

急なことに戸惑ったけれど、指先から感じる天の体温が、芽衣を落ち着かせた。

ふと、神に祈っていたときの天の表情が思い浮かぶ。

あの切実な気持ちを無碍にしなくて本当によかったと、芽衣は心からそう思った。


「――芽衣」

気が付くと、芽衣は江田神社の本殿の前に倒れていた。

目の前には、心配そうに芽衣の顔を覗き込む天の顔。芽衣はゆっくりと体を起こし、周囲を見渡した。

「あれ……。マガツヒ様たちは……」

「わからない。俺も気付いたらここにいた」

「……そうだ、傷……！」

芽衣はふと傷のことを思い出し、慌てて指先を確認する。

すると、パックリと割れていたはずの傷は、これまでのことがすべて幻であったかのように綺麗に塞《ふさ》がっていた。

「本当に……、治ってる……」

穢れを祓われたのだと実感した途端、張り詰めていたものが一気に緩み、全身から力が抜ける。

天は黙って芽衣に寄り添い、傷があったはずの指にそっと触れた。

「……危なかったな。偏屈な神の退屈しのぎに付き合わされたせいで」

「でも、こんなに元通りになるなんて……。私、お礼も言えてないのに……」

何度お礼を言っても足りないくらいの気持ちなのに、やはりマガツヒたちの姿はどこにも見当たらない。

すると、そのとき。

「——そう簡単にお目にかかれる方々ではないのですよ」

ふいに、巫女の声が響いた。

芽衣たちが同時に視線を向けると、巫女は深々と頭を下げる。

「あの……」

「……つい先ほど、森の空気が変わりました。……マガツヒ様たちが再会でき、お二人の穢れが流れた証拠です。おそらく、あなた方がご尽力くださったのでしょう」

「でも、そもそもお二人が動けなくなっていたのは、私にも責任が……」

「事情は知りませんが、結果、あなたの穢れが祓われたのならば、それに値する存在だったということなのでしょう。……直接穢れを祓いにやってくるなど、ずいぶん身勝手な者がやってきたと呆れましたが……、マガツヒ様がお選びになったことならば、私はなにかを申し上げる立場にありません」

「……そ、そんな……」

巫女の言葉は、責められているようでも、逆に褒められているようでもあり、芽衣は反応に困った。

すると、巫女は森の方を見つめながら、物憂げな表情を浮かべる。

「……私はずいぶん長い間、密かにマガツヒ様たちを見守ってきました。……お二人はときに無邪気な子供のようで、際限なく穢れを引き受けては身動きが取れなくなるということが、幾度もありました。……なんとか危機を脱していらっしゃいましたが、お二人が再会して穢れが流れれば、またあっけらかんとお笑いになり、ふたたび穢れを引き受けるのです。そんなお姿がもどかしく、やがて私は、ただただ穢れを生み続けるヒトを憎く思うようになりました」

「……な、なんか、すみません……」

淡々とした口調が逆におそろしく、芽衣は思わず謝る。

すると、巫女はハッと我に返り、芽衣に視線を向けた。

「長々と、すみません。……ただ、もし、よろしければ……、またお二人が困ったときには、手をお貸しいただけないでしょうか。……私がマガツヒ様たちの身を案じるなど、おこがましいことだと重々承知ですが、どうか。……私の周りには尊い方々ばかりで、頼みごとをできるような下賤《げせん》な相手など、他にはいませんので……」

「下賤……」

頼みごとをするにしてはずいぶんな言葉選びだが、巫女の目は真剣だった。

その目を見ていると、ふいに、伊勢で芽衣を待っている仲間たちのことが思い浮かぶ。

「……とっても大切なんですね。マガツヒ様たちのこと」

思わず、浮かんだままの言葉が零れた。

巫女は大きく瞳を揺らす。

「……それは、……当然です」

「いいですよ。マガツヒ様たちがまた動けなくなったら、お手伝いしにきます。私は伊勢の山の中にある、やおよろずっていう宿にいるので、そのときは知らせてください」

「宿……？」

「はい。……私の家です」

やおよろずを自分の家だと口にしたのは初めてだったけれど、それは思ったよりも心にしっくり馴染んだ。

繋がれた天の手に、わずかに力が込められる。

そして、天はくるりと踵を返した。

「……帰るぞ」

「あ、……はい。では、また来ますね」

「……お気を付けて」

芽衣は巫女に手を振り、本殿を後にする。

そして、鳥居を抜けるやいなや、天はすぐに狐へ姿を変えた。

「ねえ、天さん。……森を通って帰れますか……？　マガツヒ様たちに会えればと思って」

問いかけると、天は意味深な表情で芽衣を見つめる。

その目から、不思議と天の考えが伝わってきた。

「……わかってますよ。巫女さんも、マガツヒ様たちにはそう簡単に会えないって言ってましたし……。きっとイシコリドメ様の計らいがあったからこそ会えたんですよね。……でも、会えなくてもいいんです。聞こえてなくても、お二人に近い場所でお礼さえ言えれば」

　すると、天はこくりと頷く。

　芽衣が背中に掴まると、天は足を踏み出し、ふたたび鳥居を抜けて境内に入り、本殿の裏へ向かった。

　本殿の前を通る瞬間、芽衣がぺこりと頭を下げると、天も同じように頭を下げる。

　その様子が微笑ましくて、芽衣はつい笑ってしまった。

　やがて、芽衣たちは森の中へと足を踏み入れた——ものの。昨晩歩いたときとは景色も雰囲気もまったく違っていて、芽衣は不思議な気持ちで辺りを見渡した。

「なんか……別の場所みたい……」

　ふと頭を過るのは、森の空気が変わったと口にした、巫女の言葉。

　マガツヒたちの穢れが流れた影響だと聞いてはいたが、それにしても、漂う空気が驚く程澄み渡っている。

　ただ、やはりマガツヒたちの姿はどこにも見当たらなかった。

みそぎ池で一旦止まってみたものの、気配すらないのか、天はゆっくりと首を横に振る。

「やっぱり特別な神様なんですね」

芽衣は天の背中から降り、みそぎ池に向かって手を合わせた。そして。

「……ありがとうございました」

そう口にした途端、辺りにふわりと心地よい風が吹く。それは、芽衣たちを優しく撫でるかのように、ゆっくりと通り抜けていった。

まるでマガツヒたちの笑顔のようだと芽衣は思う。

「なんか……、届いた気がします」

そう言うと、天は芽衣を尻尾《しっぽ》でふわりと包み込んだ。

「じゃあ、帰りましょうか。……ヤソマガツヒ様、オオマガツヒ様、どうかお元気で。あまり巫女さんに心配かけないでくださいね」

マガツヒたちへ別れを告げた途端、唐突に、すべてが終わったという実感が湧いた。

何度見ても、芽衣をこれまで散々苦しめてきた傷はもうどこにもない。

わずかな可能性に賭けてここへ来て本当によかったと、芽衣はしみじみ思った。

やおよろずへ戻るやいなや、芽衣は厨房に連れ込まれ、因幡と燦から盛大な歓迎を受けた。

とくに因幡は信憑性が低すぎる情報だと思っていたらしく、すべてが真実だったことにも、実は計画したのがイシコリドメであり、翁がアメノコヤネだったという事実にも絶句していた。

「どれも岩戸隠れの功労者ではないか……。芽衣よ、お前はヒトでありながら、とんでもない神ばかりを引き寄せるらしい……」

「私にとっては全員とんでもない神様だけどね。……いまだに神様のことはわからないことだらけだし」

「……もう、そうも言ってられないだろう」

「うん？」

ふいに因幡の口調が変わり、芽衣は首をかしげる。

すると、因幡はぶっきらぼうに目を逸《そ》らした。

「ずっとここで生きる気なら、もう余所者《よそもの》のようなことを言うな」

「因幡……」

その言葉は、芽衣の心の奥深くまで響き渡った。

無意識に、涙が零れる。

「お、おい……！」

因幡が焦った様子で芽衣の肩に飛び乗った。

「お前がどれだけ阿呆だとしても、泣くほど難しいことなどない！　俺が教えてやるから心配するな……！」

「違……」

「よし、早速今日から毎日鍛えてやろう！　なにせ、お前はいつ誰と出会うかわからぬ。中には素戔男尊のような荒くれ者もいるから、やばい順に教えてやる！」

「いや、嬉しいけど、そうじゃなくて……」

誤解が解けないまま、因幡はどんどん話を進めていく。

しかし、そのとき。

「……因幡よりもずっと安心してる人がいるんだから、いつまでも芽衣を捕まえてちゃ駄目だよ」

燦が厨房から因幡を制した。

「燦ちゃん……」

「今頃力が抜けてぐったりしてると思うから、労ってあげて。私たちは、その後でお祝いするから」

燦が誰のことを言っているかは、聞くまでもない。途端に頬の熱が上がり、慌てて両手で覆った。

「……まあ、そうだな。師弟関係も色恋には敵《かな》わぬ」

「ってか姉弟関係って……」

「行ってこい。どうせ屋根の上だ」

「うん……！　じゃあ、また後でね」

芽衣は頷き、厨房を後にする。

ただ、天の元へ向かう前に、芽衣にはもうひとつ気がかりがあった。

それは、黒塚のこと。

江田神社へ猩猩を向かわせ、芽衣に力添えしてくれた黒塚に、どうしてもお礼が言いたかった。

黒塚のことだから素直に認めるとも思えないが、かといって黙っておくわけにはいかない。

しかし、黒塚が使っている部屋には誰もおらず、そのまま一階、二階、そして庭まで捜してみたものの、気配はどこにもなかった。

「また、フラッとどこかへ行っちゃったかな……」

つい零れるひとり言。

そもそも、黒塚についてはまだまだ謎が多い。おまけに神出鬼没で、ときどき同じ場所で暮らしていることすら忘れそうになる。

芽衣はひとまず諦め、天の元へ向かうため庭を後にした。

そして、階段を上りかけた、そのとき。

「キッ」

よく知る鳴き声が聞こえ、見上げると、二階から猩猩が見下ろしていた。

「猩猩……！　戻って来てたんだね！　オオマガツヒ様の居場所を教えてくれてありがとう！　おかげで傷も治ったよ」

芽衣は階段を駆け上がり、猩猩の前に傷の消えた指を差し出した。

すると、猩猩は満足そうに目を細める。

「あ、そうだ。猩猩なら黒塚さんがどこにいるか知ってるよね？」

芽衣はふと思い立ち、そう尋ねた。

考えてみれば、猩猩は、穢れもろともみそぎ池に落ちたオオマガツヒすら捜し当てる程、気配を探ることに長けている。

黒塚を捜すくらいは、わけないはずだ。

しかし、猩猩は否定も肯定もせず、わずかに目を泳がせた。

どうやら口止めされているらしいと、芽衣は察する。

「……ま、いいけど」

板挟みにしては可哀想だと、芽衣は猩猩の頭を撫でて立ち上がる。――しかし、そのとき。

猩猩が抱える酒瓶に目が留まった。

「また呑んで……あれ？」

よく見れば、それは江田神社の裏の森で猩猩が抱えていたものとはまったく違う銘柄だった。

天の部屋でも見覚えのない、いかにも高価そうなラベルが貼られ、中身もまだほとんど残っている。

「……これって」

首をかしげると、猩猩はやはり不自然に目を逸らした。

ただ、猩猩に酒を与える理由がある者など、一人しか思い当たらない。

「ご褒美……？」

「……」

「……いいよ、答えなくて。……でも、もし会ったときは、ありがとうって伝えておいて」

芽衣は猩猩と別れ、今度こそ天の部屋へと向かう。

背後で、キッと小さく鳴き声が響いた。


天の部屋のベランダから屋根の上を覗くと、天はいつになく無防備に寝転がっていた。

燦が予想していた通りだと、芽衣は音を立てないように屋根に上がり、天の横にそっと腰を下ろす。

いつもならすぐに目を覚ましそうなものだが、天はずいぶんリラックスした様子で静かに寝息を立てていた。

思えば、同じ部屋で寝泊まりするようになってずいぶん経つし、芽衣の気配にはすっかり慣れているのだろう。

寝顔はまるで子供のようで、思わず頬が緩んだ。

芽衣は風で乱れた天の髪をそっと撫で、それからふと辺りの風景を見渡す。

見えるのは、やおよろずの庭に、鳥居に、くくのちの神が棲む樫《かし》の木に、延々と続く深い森。

ここへ迷い込んできたときと比べ、見た目こそほとんど変化はないが、芽衣の印象は大きく変わった。

最初は不気味だと思っていたはずのこの場所を、今や自分の家だと自然に口にしてしまう程に。

そして、穢れを祓ったことで、ここは引き続き芽衣の居場所となる。

その事実が信じられないくらいに嬉しいのに、どうしてか、芽衣には今もまだ実感がなかった。

芽衣はもう何十回と見てきた傷の消えた指先を、もう一度まじまじと眺める。

するとふいに天がその手を取った。

「す、すみません……、起こしちゃいました……？」

「……傷は開いてないな」

どうやら、天も同じことを考えていたらしい。芽衣は手のひらを握ったり開いたりして、無事であることをアピールした。

「すっかり元通りです。……でも、今怪我したらちゃんと血が出るんでしょうか……。ちょっと試してみま――」

「やめろ」

ほんの冗談のつもりが思いのほか強めに止められ、芽衣は戸惑う。

しかし、天はいたって真剣に、注意深く指先を確認し、ようやく解放した。

「ヒトならヒトで、あっさり死ぬのは問題だな。……不本意ながらも、お前がヒトでなくなりかけたお陰で重傷にならずに済んだ怪我もある。頼むから、これからは同じ感覚で暴れるなよ」

「そういえば、武神の矢に射られたこともありましたしね……」

「自覚しろ。無駄に死んだら殺すぞ」

「……二回死ぬんですか、私」

変な日本語を笑うと、天は呆れたように溜め息をつく。

そして、寝転がったまま手を伸ばし、芽衣の頬に触れた。

「芽衣」

「はい？」

「……芽衣」

二度目に呼ばれた名前は、少し切なく響く。

なぜだか心が震え、芽衣は天の手を両手で包み込んだ。

「……いますよ、ちゃんと」

そう言った瞬間、天の目が優しく細められる。

あまり見たことのない表情に、たちまち鼓動が速くなった。

「守る者がいるのは、煩わしいですか？」

照れ隠しに、芽衣は仁から聞いた幼い頃の天の話を持ち出す。

しかし、天は怒ることなく、過去に思いを馳せるように遠くを見つめた。——そして。

「……いや」

「え？」

「お前がいない日々は、俺には多分退屈すぎる」

息をするように口にしたその言葉が、芽衣の心に深く刺さった。

その瞬間、芽衣は、また天の傍にいられるのだという事実を、ようやく強く実感した。

なんだか泣きそうになって慌てて上を向くと、天に手首を引かれる。

バランスを崩して寝転ぶと、すぐに天の体温に包まれた。

「もう暑いな」

「……じゃあ、離れます？」

「……本当に暑い」

文句を言いながらも、天の両腕にはさらに力が込められる。

芽衣は思わず笑い、天の背中に両腕を回した。

*

「――すべては穢れによるものだったとは。……ヒトがこの世に留まると、そのようなことが起こり得るのですね。芽衣、これまであなたに何度も助けていただいておきながら、私はなにもして差し上げられず、すみませんでした」

後日、天照大御神に呼ばれて内宮を訪れると、天照大御神は開口一番、申し訳なさそうに芽衣に詫《わ》びた。

「と、とんでもないです……！　そもそも天照大御神様がイシコリドメ様に相談してくださったから傷が治ったわけですし……！　それに、神様たちのお手伝いをするたびに傷は回復していたので、あれがなかったら、とっくに手遅れだったかもしれません……！」

「ありがとうございます。……そう言っていただけると、少しは救われます。あなたが無事でなによりでしたが……、私にも、まだまだ知らないことが多いですね」

慌てて否定した芽衣に、天照大御神はあくまで謙虚だった。

神の世に迷い込む前までの芽衣は、神様といえば万能であり、知らないことなんてないというイメージを持っていたけれど、それは間違いだと今はよくわかる。

日本の最高神である天照大御神ですら、それは変わらないらしい。

できないことも知らないこともあり、他の神様から頼られることもあれば、今回のように頼ることもある。

多くの神様たちが集まって知恵を出し合ったという、岩戸隠れの事件なんかはとくに顕著だ。

団結し、話し合って役割を決め、目的を達成するところは、スケールはともかくヒトの世の社会とそう変わらないように思える。

神様たちのことを知るたびに、こうして身近に感じられることが、芽衣にとっては恐れ多くも少し嬉しかった。

すると、天照大御神が少し物憂げに溜め息をつく。

「ただ……、私の願いを聞き入れたことで、何度も危険な目に遭わせてしまったことは事実です。なんらかの形で必ず見返りを考えますので、少しお待ちいただけますか……？」

「そんな……、見返りなんていらないです……!」

「いえ。私の気が済みません」

はっきりとそう言われ、芽衣は恐縮した。

けれど、見返りと聞いたときに、芽衣の頭にはひとつの願いが浮かんでいた。

「……あの、だったら……、これからもお手伝いさせてもらえませんか……?」

そう言った瞬間、天からの鋭い視線が刺さる。

部屋はしんと静まり返った。天照大御神ですら、おそらく芽衣の言葉の意図をはかりかねているのだろう。

芽衣は慌てて言葉を続ける。

「やおよろずに居候している因幡からも言われたんですけど、もっとこの世界のことを知らなきゃと思って……。それに、私の傷が消えたところで、お困りの神様たちがいらっしゃることに変わりはないんでしょうし、もし、役に立つなら……」

おそるおそる天の様子を窺うと、天は予想通り、うんざりした様子で天井を仰いでいた。

しかし、芽衣も、ただの思い付きで言ったわけではなかった。

不思議な傷に悩まされていた間、この神の世において、ヒトのまま留まり続ける自分の存在が、前例のない特異なものであることを芽衣はより深く痛感した。

これからもここで過ごすことを決めた以上は、ふたたび、誰にも理由のわからない奇妙な症状に悩まされる可能性が十分にある。

だからこそ、そうなったときのためにもっと知恵をつけ、人（神）脈を広げ、頼れる場所をひとつでも増やしておきたいと芽衣は考えていた。

唯一、天を巻き込んでしまうことだけは心苦しいが、これから天に心配をかけ続けないために芽衣にできることとなると、それ以外には思いつかなかった。

「それは見返りにはなりませんが、私にとってはこの上なくありがたい申し出です。……芽衣、ありがとうございます」

天照大御神がそう言い、芽衣はひとまずほっと胸を撫で下ろす。

しかし、安心したのも束の間、突如芽衣の帯紐に結ばれた荼枳尼天の鈴がふわりと浮かび上がった。

「え……、な……」

慌てて両手で捕まえると、指の間から柔らかい光が零れる。――そして。

「役に立つかわかりませんが、私の力を少しだけその鈴に込めました」

「天照大御神のお力……？」

「これからも私の願いを聞いてくれると言うのなら、危険な目に遭うかもしれません。その力がどんな効果を発するかは受け取る者によって変わりますので、はっきりとは申し上げられませんが……、本当に困ったときには、あなたの力になるはずです。本来、ほんの僅《わず》かであってもヒトには重すぎるものですが、多くの神々の加護を得た今の芽衣ならば、おそらく耐え得るでしょう」

やがて光は徐々に収まり、鈴は芽衣の手の上にころんと転がり落ちた。

芽衣はそれを握りしめ、簾の奥に向かって深々と頭を下げる。

「ありがとうございます……！」

鈴はほんのりと温かく、芽衣の手のひらにしっくりと馴染む。まるで、この世界にいてもいいと言われているかのようで、胸が熱くなった。


やおよろずへの帰り道、森の中を歩きながら、天は不満げだった。

芽衣の意図を汲《く》んでくれているのか文句こそ言わないものの、常に眉間に皺が寄っている。

「……あ、あの……、勝手にすみません……」

堪えかねて謝ると、天は芽衣をチラリと睨みつつも首を横に振った。

「怒ってない」

「……怒ってるじゃないですか」

「勘違いだ」

「……」

困惑しながらも、こんな言い合いをできること自体が平和を象徴しているようで、つい頬が緩んでしまう。

天はそんな芽衣を見て、さらに険しい表情を浮かべた。

「す、すみません……、今のは笑ったわけじゃなくて……！」

芽衣は慌てて弁解する。――しかし、そのとき。

突如、天の纏う空気が緊張を帯びた。

「天さん……？」

「……静かに」

「え……？」

天は口の前に人差し指を立て、遠くに視線を向ける。

なにか危険な気配を察したのかもしれないと、芽衣は固唾を呑んで天の様子を窺った。――すると。

「……匂う。多分、そう遠くない」

「え……？　まさか、妖とか……」

「……もっと厄介だ」

不安がみるみる膨らんでいく最中、芽衣はふと、天の様子に違和感を覚える。

天は怯えているようでも警戒しているようでもなく、あえて言うなら迷惑そうに見えた。

そして――、芽衣は天のこの独特な表情を記憶している。

「まさか……」

「……なんで予告もなしに来るんだろうな」

「……」

天が察した気配は、荼枳尼天のものだ、と。

答えを導き出すと同時に、なにかが起こりそうな不穏な予感が込み上げてくる。

そして、ようやく一難去ったばかりなのにと、芽衣は酷い目眩を覚えた。

天児屋根命《あめのこやねのみこと》

天照大御神の岩戸隠れのときに岩戸の前で祝詞を献上した神。言霊信仰のルーツ。

八十禍津日神《やそまがつひのかみ》・大禍津日神《おほまがつひのかみ》

かつてイザナギがイザナミを連れ戻し黄泉へ向かい、そのときに受けた穢れから生まれた二柱の神。

双葉文庫

た-46-20

神様《かみさま》たちのお伊勢参《いせまい》り⑩
伝説《でんせつ》の竜《りゅう》の罪《つみ》と罰《ばつ》

2021年9月12日　第1刷発行

【著者】
竹村優希《たけむらゆき》

【発行者】
島野浩二
【発行所】
株式会社双葉社
〒162-8540 東京都新宿区東五軒町3番28号
［電話］03-5261-4818（営業）　03-5261-4851（編集）
www.futabasha.co.jp（双葉社の書籍・コミックが買えます）
【印刷所】
中央精版印刷株式会社
【製本所】
中央精版印刷株式会社

【フォーマット・デザイン】
日下潤一

ISBN978-4-575-52502-1 C0193
Printed in Japan